STS

山田社

STS

山田社

山田社
日檢書

ここまでやる、だから合格できる　竭盡所能，所以絕對合格

附贈 MP3

絕對合格　全攻略！

新制日檢

必背
かならず
あんしょう

かならずでる

必出

聴力

N2

吉松由美・田中陽子・西村惠子・
山田社日檢題庫小組　◉合著

前言

preface

精準摸透出題趨勢 + 制勝關鍵句解題 + 經典中日雙語對照解題
最具權威日檢金牌教師，竭盡所能，濃縮密度，
讓您學習速度翻倍提高！
密集不斷練習聽考，更幫您打造超強日檢耳！

《絕對合格 全攻略！新制日檢 N2 必背必出聽力》百分百全面日檢學習對策，讓您制勝考場：

★ 百萬考生一致推薦，經典應考秘訣一本達陣！

★ 日檢權威金牌教師，精準摸透出題趨勢，必出五大題型，面面俱到！

★ 以關鍵句解題，幫助您精準破題，日檢高分手到擒來！

★ 抓出重點單字與文法，抓住您學習痛點，日語實力大提升！

★ 加入全日文解題，快速掌握出題老師的思路！

★ 超強中日雙語解題，同步提升閱讀力及翻譯力！

★ 超直覺 [左頁日文，右頁中文] 對照學習法，讓五感連線，加深記憶軌跡！

本書提供 100% 全面的單字學習對策，讓您輕鬆取證，致勝考場！特色有：

100%權威 　日檢最具權威金牌教師，精準摸透出題趨勢，必出題型，面面俱到！

本書設計完全符合 N2 日檢聽力的題型，有：「課題理解」、「要點理解」、「概要理解」、「即時應答」及「綜合理解」五大題型，為的是讓您熟悉答題時間及字數，幫您找出最佳的解題方法。只要反覆練習就能像親臨考場，加上突破以往的版面配置與內容編排方式，精心規劃出一套日檢合格的完美公式！

100%標準　密集不斷練習聽考，打造 100% 超強日檢耳！

同一個句子，語調不同，意思就不同了。本書附上符合 N2 考試朗讀速度的高音質光碟，發音標準純正，幫助您習慣日本人的發音、語調及語氣。希望您不斷地聆聽、跟讀和朗讀，以拉近「聽覺」與「記憶」間的距離，加快「聽覺・圖像」與「思考」間的反應！此外，更貼心設計了「一題一個音軌」的方式，讓您不再面臨一下快轉、一下倒轉，找不到音檔的窘境，任您隨心所欲要聽哪段，就聽哪段！

一題一音軌

100%破解　抓住日檢制勝關鍵句，精準破題，100%完勝日檢！

抓住重點關鍵句，才是突破考題的捷徑！本書貼心整理出關鍵處！解題之前先訓練您的搜索力，只要聽到最關鍵的那一句，就能不費吹灰之力破解題目！解題攻略句句都是精華！並整理出重點單字和文法，內容豐富多元，聽力敏感度大幅提升！

依照編號對照右頁關鍵句解說。例：關鍵句①對照關鍵句解題①。

關鍵句

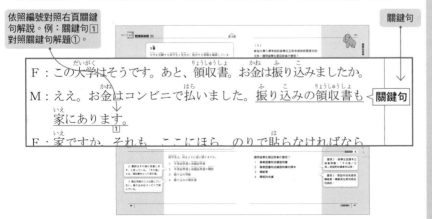

100%掌握　日籍教師日文解析，快速掌握出題老師的思路！

為了完全掌握出題老師的思路，人物要表達什麼、及常見的固定表現…等，直接以日文學習，讓大腦直接理解日文，就是提升日語程度的最短捷徑！這樣高分自然手到擒來！

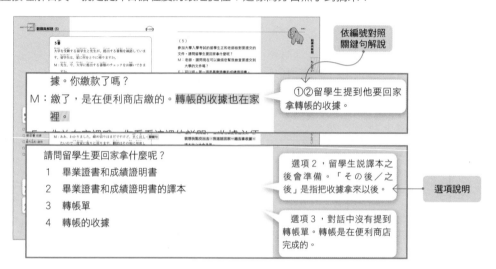

100%精闢　獨創中日雙語解題，同步提升閱讀力及翻譯力！

本書獨創中日文雙語解題，藉由閱讀中日文解題，可以增強閱讀理解力和翻譯力。接著再由金牌日籍教師群點出重點關鍵句，再針對每道題目精闢分析，更列出重點單字和文法，在破解聽力問題的同時加強日語運用能力，帶你穩紮穩打練就基本功，輕輕鬆鬆征服日檢 N2 考試！

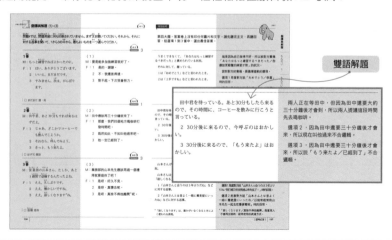

100%直覺

超直覺左右對照學習法，五感連線，加深記憶軌跡！

本書採用左右頁對照的學習方式，藉由閱讀左頁的日文原文，對照右頁的翻譯和解題，配合[單字・文法]註解，讓「聽」、「讀」、「思」同步連線，以加深記憶軌跡，加快思考力、反應力，全面提高答題率！

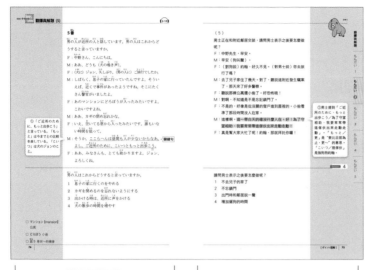

題目與關鍵句　　　　　　　　翻譯與解題

目錄

contents

新「日本語能力測驗」測驗成績

1 量尺得分

舊制測驗的得分，答對的題數以「原始得分」呈現；相對的，新制測驗的得分以「量尺得分」呈現。

「量尺得分」是經過「等化」轉換後所得的分數。以下，本手冊將新制測驗的「量尺得分」，簡稱為「得分」。

2 測驗成績的呈現

新制測驗的測驗成績，如表3的計分科目所示。N1、N2、N3的計分科目分為「語言知識（文字、語彙、文法）」、「讀解」、以及「聽解」3項；N4、N5的計分科目分為「語言知識（文字、語彙、文法）、讀解」以及「聽解」2項。

會將N4、N5的「語言知識（文字、語彙、文法）」和「讀解」合併成一項，是因為在學習日語的基礎階段，「語言知識」與「讀解」方面的重疊性高，所以將「語言知識」與「讀解」合併計分，比較符合學習者於該階段的日語能力特徵。

■ 各級數的計分科目及得分範圍

級數	計分科目	得分範圍
N1	語言知識（文字、語彙、文法） 讀解 聽解	0～60 0～60 0～60
	總分	0～180
N2	語言知識（文字、語彙、文法） 讀解 聽解	0～60 0～60 0～60
	總分	0～180
N3	語言知識（文字、語彙、文法） 讀解 聽解	0～60 0～60 0～60
	總分	0～180
N4	語言知識（文字、語彙、文法）、讀解 聽解	0～120 0～60
	總分	0～180
N5	語言知識（文字、語彙、文法）、讀解 聽解	0～120 0～60
	總分	0～180

各級數的得分範圍，如表3所示。N1、N2、N3的「語言知識（文字、語彙、文法）」、「讀解」、「聽解」的得分範圍各為0～60分，三項合計的總分範圍是0～180分。「語言知識（文字、語彙、文法）」、「讀解」、「聽解」各占總分

的比例是1：1：1。

　　N4、N5的「語言知識（文字、語彙、文法）、讀解」的得分範圍為0～120分，「聽解」的得分範圍為0～60分，二項合計的總分範圍是0～180分。「語言知識（文字、語彙、文法）、讀解」與「聽解」各占總分的比例是2：1。還有，「語言知識（文字、語彙、文法）、讀解」的得分，不能拆解成「語言知識（文字、語彙、文法）」與「讀解」二項。

　　除此之外，在所有的級數中，「聽解」均占總分的三分之一，較舊制測驗的四分之一為高。

3　合格基準

　　舊制測驗是以總分作為合格基準；相對的，新制測驗是以總分與分項成績的門檻二者作為合格基準。所謂的門檻，是指各分項成績至少必須高於該分數。假如有一科分項成績未達門檻，無論總分有多高，都不合格。

　　新制測驗設定各分項成績門檻的目的，在於綜合評定學習者的日語能力，須符合以下二項條件才能判定為合格：①總分達合格分數（＝通過標準）以上；②各分項成績達各分項合格分數（＝通過門檻）以上。如有一科分項成績未達門檻，無論總分多高，也會判定為不合格。

　　N1～N3及N4、N5之分項成績有所不同，各級總分通過標準及各分項成績通過門檻如下所示：

級數	總分		分項成績					
			言語知識 （文字・語彙・文法）		讀解		聽解	
	得分 範圍	通過 標準	得分 範圍	通過 門檻	得分 範圍	通過 門檻	得分 範圍	通過 門檻
N1	0～180分	100分	0～60分	19分	0～60分	19分	0～60分	19分
N2	0～180分	90分	0～60分	19分	0～60分	19分	0～60分	19分
N3	0～180分	95分	0～60分	19分	0～60分	19分	0～60分	19分

級數	總分		分項成績			
			言語知識 （文字・語彙・文法）・讀解		聽解	
	得分 範圍	通過 標準	得分 範圍	通過 門檻	得分 範圍	通過 門檻
N4	0～180分	90分	0～120分	38分	0～60分	19分
N5	0～180分	80分	0～120分	38分	0～60分	19分

※上列通過標準自2010年第1回（7月）【N4、N5為2010年第2回（12月）】起適用。

　　缺考其中任一測驗科目者，即判定為不合格。寄發「合否結果通知書」時，含已應考之測驗科目在內，成績均不計分亦不告知。

4 測驗結果通知

依級數判定是否合格後，寄發「合否結果通知書」予應試者；合格者同時寄發「日本語能力認定書」。

■ N1, N2, N3

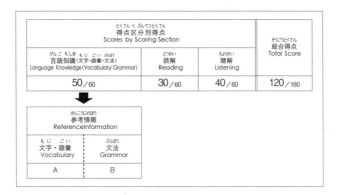

■ N4, N5

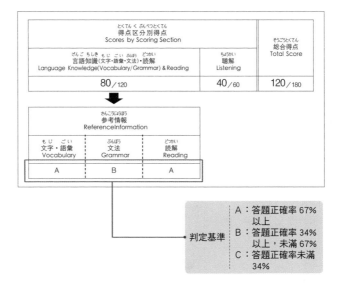

※ 各節測驗如有一節缺考就不予計分，即判定為不合格。雖會寄發「合否結果通知書」但所有分項成績，含已出席科目在內，均不予計分。各欄成績以「*」表示，如「＊＊／60」。

※ 所有科目皆缺席者，不寄發「合否結果通知書」。

N2 題型分析

測驗科目 （測驗時間）		試題內容			
			題型	小題 題數＊	分析
語言知識、讀解 （105分）	文字、語彙	1	漢字讀音　◇	5	測驗漢字語彙的讀音。
		2	假名漢字寫法　◇	5	測驗平假名語彙的漢字寫法。
		3	複合語彙　◇	5	測驗關於衍生語彙及複合語彙的知識。
		4	選擇文脈語彙　○	7	測驗根據文脈選擇適切語彙。
		5	替換類義詞　○	5	測驗根據試題的語彙或說法，選擇類義詞或類義說法。
		6	語彙用法　○	5	測驗試題的語彙在文句裡的用法。
	文法	7	文句的文法1 （文法形式判斷）　○	12	測驗辨別哪種文法形式符合文句內容。
		8	文句的文法2 （文句組構）　◆	5	測驗是否能夠組織文法正確且文義通順的句子。
		9	文章段落的文法　◆	5	測驗辨別該文句有無符合文脈。
	讀解＊	10	理解內容 （短文）　○	5	於讀完包含生活與工作之各種題材的說明文或指示文等，約200字左右的文章段落之後，測驗是否能夠理解其內容。
		11	理解內容 （中文）　○	9	於讀完包含內容較為平易的評論、解說、散文等，約500字左右的文章段落之後，測驗是否能夠理解其因果關係或理由、概要或作者的想法等等。
聽解 （50分）		1	課題理解　◇	5	於聽取完整的會話段落之後，測驗是否能夠理解其內容（於聽完解決問題所需的具體訊息之後，測驗是否能夠理解應當採取的下一個適切步驟）。
		2	要點理解　◇	6	於聽取完整的會話段落之後，測驗是否能夠理解其內容（依據剛才已聽過的提示，測驗是否能夠抓住應當聽取的重點）。
		3	概要理解　◇	5	於聽取完整的會話段落之後，測驗是否能夠理解其內容（測驗是否能夠從整段會話中理解說話者的用意與想法）。
		4	即時應答　◆	12	於聽完簡短的詢問之後，測驗是否能選擇適切的應答。
		5	綜合理解　◇	4	於聽完較長的會話段落之後，測驗是否能夠將之綜合比較並且理解其內容。

＊「小題題數」為每次測驗的約略題數，與實際測驗時的題數可能未盡相同。此外，亦有可能會變更小題題數。

＊有時在「讀解」科目中，同一段文章可能會有數道小題。

資料來源：《日本語能力試驗JLPT官方網站：分項成績·合格判定·合否結果通知》。2016年1月11日，
取自：http://www.jlpt.jp/tw/guideline/results.html

課題理解

在聽取完整的會話段落之後，測驗是否能夠理解其內容（於聽完解決問題所需的具體訊息之後，測驗是否能夠理解應當採取的下一個適切步驟）。

考前要注意的事

▶ 作答流程 & 答題技巧

| 聽取說明 | 先仔細聽取考題說明 |

↓

| 聽取問題與內容 | 測驗目標是在聽取建議、委託、指示等相關對話之後，判斷接下來該怎麼做。選項會印在考卷上，有文字或圖片兩種呈現方式。

內容順序一般是「提問 ➡ 對話 ➡ 提問」
預估有 5 題左右

1 首先確認選項或插圖的意思。

2 接下來要理解應該做什麼事？第一優先的任務是什麼？要邊聽邊看選項或插圖，邊整理。

3 經常以換句話說的表現方式出題。 |

↓

| 答題 | 再次仔細聆聽問題，選出正確答案 |

N2 聴力模擬考題　問題1　第一回

問題1では、まず質問を聞いてください。それから話を聞いて、問題用紙の1から4の中から、最もよいものを一つ選んでください。

例　【答案詳見：200 頁】　　　　　答え：① ② ③ ④

1　コート

2　傘

3　ドライヤー

4　タオル

1番　【答案詳見：014 頁】　　　　　答え：① ② ③ ④

1　絵を描く

2　作文を書く

3　絵をコンクールに出す

4　作文の用紙を買いに行く

2番　【答案詳見：016 頁】　　　　　答え：① ② ③ ④

1　9時

2　10時

3　9時40分

4　9時50分

模擬試題

もんだい **①**

もんだい **2**

もんだい **3**

もんだい **4**

もんだい **5**

(1-5) 3番　【答案詳見：018頁】　　　　　　答え：① ② ③ ④

1　372円

2　1,116円

3　1,266円

4　422円

(1-6) 4番　【答案詳見：020頁】　　　　　　答え：① ② ③ ④

1　弁当

2　肉や野菜

3　ビール

4　お酒以外の飲み物

(1-7) 5番　【答案詳見：022頁】　　　　　　答え：① ② ③ ④

1　みんなに電話番号をきく

2　申込書をコピーする

3　先生に電話番号をきく

4　申込書を直す

問題1では、まず質問を聞いてください。それから話を聞いて、問題用紙の1から4の中から、最もよいものを一つ選んでください。

1番

教室で男の先生と学生が話しています。学生はこのあと何をしなければなりませんか。

①②学生の描いた絵をコンクールに出した。

M：田中さん、夏休みの宿題で海の絵を提出したでしょう。 ◁ 關鍵句 ①

F：ああ…はい。

M：あれ、上手く描けていたので、コンクールに出しました。 ◁ 關鍵句 ②

F：ええっ。

③絵について作文を書いてほしいと言っている。

M：で、あの絵について、短い作文を書いてくれませんか。 ◁ 關鍵句 ③

F：作文ですか。あの、どれぐらいの長さですか。

M：百字程度でいいです。用紙は後で渡しますから、今週中に出してください。

F：はい、わかりました。

学生はこのあと何をしなければなりませんか。

1　夏休みの宿題で海の絵はもう提出した。

1　絵を描く

2　作文を書く

3　絵をコンクールに出したと言っている。

3　絵をコンクールに出す

4　作文の用紙を買いに行く

4　用紙は後で渡すと言っている。

□ 提出 提出

□ コンクール【concours】 競賽

□ 作文 作文

□ 用紙 專用紙

翻譯與解題

もんだい

❶

もんだい

2

もんだい

3

もんだい

4

もんだい

5

第一大題。請先聽每小題的題目,接著聽完對話,再從答案卷上的選項 1 到 4 當中,選出最佳答案。

（1）

男老師和學生正在教室裡談話,請問學生接下來必須做什麼?

M:田中同學,妳交的暑假作業是一幅大海的圖對吧?

F :嗯……是的。

M:畫得非常好,已經送去參賽了。

F :真的嗎!

M:所以,可以請妳為那幅畫寫一篇短文嗎?

F :要寫短文嗎?請問大概需要多長的篇幅?

M:大約一百字左右就行了。稿紙我等一下拿給妳,請在這星期之內提交。

F :好的,我知道了。

> ①②學生畫的圖畫已經送去參賽了。

> ③老師提到希望學生為那幅畫寫一篇短文。

Answer **2**

請問學生接下來必須要做什麼?

1 畫圖
2 寫作文
3 把畫提交參賽
4 去買作文稿紙

> 選項 1,大海的圖已經作為暑假作業交出去了。

> 選項 3,對話中提到這幅畫已經送去參賽了。

> 選項 4,老師提到等一下會拿稿紙給學生。

2番

会社で男の人と女の人が話しています。男の人は何時に会社を出ますか。

F：田中さん、出かけるの早いですね。まだ9時前なのに。会 ◁関鍵句
　議は何時からですか。①

M：10時からです。②でも、あちらには電車とバスで40分くらい ◁関鍵句
　かかりますので、もう出ます。

F：そうですか。で、新製品の見本は。

M：山口さんが9時までに持って来てくれることになっている
　ので、受け取ったら出ようかと*1。

F：山口さんならさっきエレベーターで会ったから、もうすぐ
　来ますよ。ああ…荷物、結構大きいから、車で行ったらど ◁関鍵句
　う*2。車なら10分で行けるし。③

M：ああ、そうですね。じゃ、メールをチェックしてから行け ◁関鍵句
　るな。④

F：でも会議の10分前に着けるようにね。⑤ ◁関鍵句

M：はい。そうします。

左側のメモ：

①②会議は10時から。

③④女の人が「車なら10分で行ける」と言い、男の人も「そうですね」と言っている。

電車とバスではなく車で行くことになったので、メールをチェックする時間ができたと言っている。

⑤会議の10分前に着かなければならないので、9時40分に出る。

□ 新製品 新產品
□ 見本 樣品
□ 受け取る 領取
□ もうすぐ 馬上

男の人は何時に会社を出ますか。

1　9時

2　10時

3　9時40分

4　9時50分

*1 「受け取ったら出ようかと」の後には「思っています」などが省略
　されている。

*2 「車で行ったらどう」の「どう」は「どうですか」の話し言葉。

翻譯與解題

もんだい **1**

もんだい **2**

もんだい **3**

もんだい **4**

もんだい **5**

（2）

男士和女士正在公司裡談話。請問男士幾點要離開公司？

F：田中先生，這麼早就要出去了呀？都還沒九點呢。請問會議幾點開始？

M：十點開始。但是搭電車和公車到那裡要花四十分鐘左右，所以我該出門了。

F：現在就要出門了喔。那麼，新產品的樣品呢？

M：山口先生説他九點前會拿過來，收到之後我就要出門了*1。

F：我剛才在電梯裡遇到山口先生了，他應該馬上就來了。啊……可是東西的體積非常大，您要不要開車過去*2？開車的話只需要十分鐘就到了。

M：也對，説得也是。這樣的話，我先收一收信再過去吧。

F：但請記得在會議開始的十分鐘前到哦！

M：是，好的。

①②會議十點開始。

③④女士提到「車なら10分で行ける／開車的話只需要十分鐘就到了」，男士回答「そうですね／説得也是」。

由於最後決定不搭電車和公車，而是開車過去，所以男士説還有時間可以先收信再過去。

⑤因為必須在會議開始的十分鐘前到，所以9點40分要出門。

Answer **3**

請問男士幾點要離開公司？

1　9點

2　10點

3　9點40分

4　9點50分

*1「受け取ったら出ようかと／收到之後我就要出門了」後面省略了「思っています／我想」。

*2「車で行ったらどう／要不要開車過去」的「どう／要不要」是「どうですか／要不要」的口語説法。

3番（ばん）

郵便局（ゆうびんきょく）の窓口（まどぐち）で女（おんな）の人（ひと）が料金（りょうきん）について聞（き）いています。女（おんな）の人（ひと）は、全部（ぜんぶ）でいくら払（はら）いますか。

F：速達（そくたつ）で送（おく）りたいんですけど。

M：はい、時間（じかん）を指定（してい）しない場合（ばあい）は…1通当（つうあ）たり 372 円（えん）ですね。

F：時間（じかん）、指定（してい）できるんですか。それなら、そっちの方（ほう）がいいです。◁ **關鍵句**

M：では、この紙（かみ）にご記入（きにゅう）ください。…ありがとうございます。
そうしますと 1通（つう） 422 円（えん）になります。◁ **關鍵句** ②

F：では 3通（つう）で。全部（ぜんぶ）、同（おな）じ料金（りょうきん）ですね。◁ **關鍵句** ③

M：重（おも）さは…ええと…はい。全部同（ぜんぶおな）じです。

> ①②時間を指定する場合は、1通422円。

> ③全部で3通なので、422円の3倍で1266円となる。

□ 窓口（まどぐち） 窗口

□ 速達（そくたつ） 快件

□ 当（あ）たり 毎

□ 指定（してい） 指定

□ 記入（きにゅう） 寫上

女（おんな）の人（ひと）は、全部（ぜんぶ）でいくら払（はら）いますか。

1　372円（えん）

2　1,116円（えん）

3　1,266円（えん）

4　422円（えん）

翻譯與解題

もんだい

❶

もんだい

2

もんだい

3

もんだい

4

もんだい

5

（3）

女士正在郵局的窗口詢問費用。請問女士總共該付
多少錢？

F：我想寄限時專送。

M：好的，如果不指定送達時間的話……一封是
372圓。

F：可以指定送達時間嗎？既然這樣，我想指定時
間。

M：那麼，請填寫這張表單。……謝謝您。這樣一
件是422圓。

F：我要寄三件。全部都是同樣的費用嗎？

M：重量是……嗯……是的，都是同樣的費用。

①②若要指定送達時間，
一件是422圓。

③總共有三件，422圓的
三倍一共是1266圓。

Answer 3

請問女士總共該付多少錢？

1　372圓

2　1116圓

3　1266圓

4　422圓

4番

女の学生が男の学生に話しています。男の学生は明日、何を持って来なければなりませんか。

F：ジュンさん、明日のこと、ワンさんに聞いた？

M：いや、まだ聞いてない。校外学習だよね。何か持って行くものとか、ある？

F：ええっと、明日は9時に学校に集合。バスで海に行ってバーベキューだから、お昼ご飯は持ってこなくていいんだって*。〈關鍵句
　　肉とか野菜も、全部準備されてるから。①

M：お金は？

F：もう払ってあるから大丈夫。行きも帰りも観光バスだし。あとは…そうそう、自分の飲み物は持って来てって。〈關鍵句②

M：ビールとか？

F：お酒はだめだって。③…まあ、私は行けないけど、私の分まで楽しんできてね。〈關鍵句

M：えっ、行けないの？残念だね。

①お昼ご飯、肉や野菜も持って来なくていい。

②自分の飲み物は持って行く。

③お酒はダメなので、お酒以外の飲み物を持って行く。

男の学生は明日、何を持って来なければなりませんか。

1　弁当

2　肉や野菜

3　ビール

4　お酒以外の飲み物

□ 校外学習 校外教學

□ バーベキュー【barbecue】
　烤肉

*「～だって」は、「～だそうです」という意味の話し言葉。

翻譯與解題

もんだい

①

もんだい

2

もんだい

3

もんだい

4

もんだい

5

（4）

女學生和男學生正在談話。請問男學生明天必須帶
什麼東西過來？

F：純同學，明天的事情，你問過王同學了嗎？

M：不，還沒問。妳是指校外教學吧。有什麼要帶
　　的東西嗎？

F：我想想，明天九點在學校集合，然後是搭巴士
　　到海邊烤肉，所以不必帶午餐*。肉和蔬菜全
　　都準備好了。

①不必自己帶午餐、肉或
蔬菜。

M：錢呢？

F：已經付清了，所以不必再交錢，而且來回都搭
　　觀光巴士。還有……對了，飲料要自己帶。

②對話中提到要帶自己的
飲料過去。

M：啤酒之類的嗎？

F：就說了不能喝酒！……我不能去，你們要連我
　　的份玩得開心一點哦！

③因為不能喝酒，所以要
帶不含酒精成分的飲料過
去。

M：啊，妳不能去？好可惜哦！

Answer **4**

請問男學生明天必須帶什麼東西過來？

1　便當

2　肉和蔬菜

3　啤酒

4　啤酒以外的飲料

*「～だって／聽說是～」是含有「～だそうです／聽說是那樣
　的～」意思的口語説法。

見学会の申込書とみんなの連絡先を作った。

①連絡先はメールアドレスだけだったので、先生は電話番号が必要だと言っている。

②電話番号は今日の授業の後に聞く。

③先生の電話番号を聞いている。

④申込書をコピーしておく。

⑤⑥申込書の言葉が間違っているので、帰ったら直す。

次にしなければならないことは、みんなに電話番号を聞くこと。

5番

先生と学生が話しています。学生は次に何をしなければなりませんか。

M：先生、今度の見学会の申込書、作りました。それと、これがみんなの連絡先です。

F：ああ、ありがとう。<u>全員のアドレスですね。</u>住所はまあいい 關鍵句
けど、<u>電話番号はいりますよ。今日の授業の後にでも聞</u> 關鍵句
いといてください。[1] やっぱり緊急時にはないと困ることが[2]
あるので。

M：わかりました。あ、<u>先生のも、うかがっていいですか。</u> 關鍵句[3]

F：そうね。じゃあ…メモしますね。携帯です。よろしく。あと、
<u>申込書は人数分コピーしておいてね。</u>あっ、でもほら、<u>ここ、</u> 關鍵句[4]
<u>まちがってる。</u>「お願いいたします」が、「お願いたします」 關鍵句[5]
になってる。

M：あっ、すみません、<u>帰ってから直します。</u> 關鍵句[6]

学生は次に何をしなければなりませんか。

1　みんなに電話番号をきく
2　申込書をコピーする
3　先生に電話番号をきく
4　申込書を直す

2　今日中ではない。

3　この会話の中で聞いている。

4　帰ってから直すと言っている。

□ 申込書 申請書

□ アドレス【address】 住址

□ 住所 住址

□ いたす する的謙讓語

□ 直す 訂正

翻譯與解題

もんだい **❶**

もんだい **2**

もんだい **3**

もんだい **4**

もんだい **5**

（5）

老師和學生正在談話。請問學生接下來必須要做什麼？

M：老師，這次校外教學的申請表我已經做好了。還有，這是大家的聯絡方式。

F：哦，謝謝。這是大家的電子郵件吧。住址就不用了，不過需要電話號碼。請在今天下課後詢問大家。萬一遇到突發狀況需要連絡時，沒有電話號碼就麻煩了。

M：我知道了。對了，可以麻煩老師也留下電話嗎？

F：説的也是。那麼……我寫下來。這是手機號碼，麻煩你了。另外，申請表請按照人數複印。咦，你看，這裡寫錯了。「お願いいたします」寫成了「お願いたします」。

M：對耶，不好意思。我一回去就修正。

男學生製作了校外教學的申請表並詢問了大家的聯絡方式。

①聯絡表上只有大家的電子郵件，因此老師提到還需要電話號碼。

②今天下課後要詢問大家電話號碼。

③男學生也問了老師的電話號碼。

④複印申請表。

⑤⑥因為申請表上的文字有誤，所以男學生説他一回去就修正。

綜上可知，接下來必須要做的事是詢問大家的電話號碼。

--- Answer **1**

請問學生接下來必須要做什麼？

1　詢問大家電話號碼

2　複印申請表

3　詢問老師電話號碼

4　修改申請表

選項 2，這並不是今天必須做的事。

選項 3，老師的電話號碼已經在對話中問到了。

選項 4，男學生説他一回去就修正。

N2 聴力模擬考題　問題1　第二回

問題1では、まず質問を聞いてください。それから話を聞いて、問題用紙の1から4の中から、最もよいものを一つ選んでください。

1-9 例　【答案詳見：200 頁】　　　　　答え： ① ② ③ ④

1　コート

2　傘

3　ドライヤー

4　タオル

1-10 1番　【答案詳見：026 頁】　　　　　答え： ① ② ③ ④

1　お寺の中を見学すること

2　靴を脱いで寺の中に入ること

3　靴を履いたまま寺の中に入ること

4　写真の撮影

1-11 2番　【答案詳見：028 頁】　　　　　答え： ① ② ③ ④

1　六時から

2　六時半から

3　六時五十分から

4　七時から

模擬試題

もんだい ❶

もんだい 2

もんだい 3

もんだい 4

もんだい 5

🎧(1-12) **3番** 【答案詳見：030 頁】　　　　答え：① ② ③ ④

1　銀行で振り込む

2　クレジットカードで払う

3　コンビニで払う

4　直接払いに行く

🎧(1-13) **4番** 【答案詳見：032 頁】　　　　答え：① ② ③ ④

1　通訳に連絡する

2　英語の資料を準備する

3　田中さんに連絡する

4　新しいマイクを準備する

🎧(1-14) **5番** 【答案詳見：034 頁】　　　　答え：① ② ③ ④

1　シャワーを浴びる

2　買い物に行く

3　掃除をする

4　料理をする

問題1では、まず質問を聞いてください。それから話を聞いて、問題用紙の1から4の中から、最もよいものを一つ選んでください。

1番

旅行ガイドが話をしています。この寺でしてはいけないことはなんですか。

M：このお寺は、今から400年前に建てられました。一般に見学ができるようになったのは、今世紀になってからで、それまでは年に数日しか見学できませんでした。中はもちろん禁煙で、飲食もできません。もし中に入る場合は、入口で靴を脱いで、ビニール袋に入れて入ってください。[1] あと、写真ですが、中でも庭でも、混んだ場所で長い間止まって撮影するのはご遠慮ください*。それでは、時間までどうぞごゆっくり見学なさってください。

①禁煙、飲食も禁止だが、選択肢にない。

②靴を脱いで入ってくださいとあり、これが正解。

③写真は、混んだ場所で止まって撮影しないようにと言っている。

＜關鍵句（×3）

この寺でしてはいけないことはなんですか。

1　お寺の中を見学すること
2　靴を脱いで寺の中に入ること
3　靴を履いたまま寺の中に入ること
4　写真の撮影

4 写真の撮影を禁止しているわけではない。

□ ガイド【guide】導遊

□ 建てる 建造

□ 見学 參觀

□ ビニール袋【vinyl袋】塑膠袋

□ 混む 擁擠

* 「～はご遠慮ください」は、～はしないでください、という意味。

翻譯與解題

もんだい ❶

もんだい 2

もんだい 3

もんだい 4

もんだい 5

第一大題。請先聽每小題的題目，接著聽完對話，再從答案卷上的選項1到4當中，選出最佳答案。

（1）

導遊正在說明。請問這座寺廟的禁止事項是什麼？

M：這座寺廟建立於距今四百年前，直到本世紀才開放民眾參觀，以前每年只開放幾天供人參觀。寺廟內當然禁止吸菸，也禁止飲食。如果要進去寺廟，請在入口處脫鞋，並且放入塑膠袋內。此外，雖然可以照相，但包括在寺廟內和庭院裡，同樣請勿*在人多的區域裡長時間逗留攝影。那麼，請在集合時間之前盡情參觀。

①寺廟裡禁止吸菸，也禁止飲食，但是沒有這個選項。

②說明中提到"要進去寺廟，請在入口處脫鞋"，所以選項3是正確答案。

③說明中提到"請勿在人多的區域裡逗留攝影"。

Answer 3

請問這座寺廟的禁止事項是什麼？

1 在寺廟中參觀學習
2 脫鞋進入寺廟
3 穿著鞋子進入寺廟
4 拍照

選項4，並沒有禁止拍照。

*「～はご遠慮ください／請勿～」是"請不要～"的意思。

2番
ばん

男の人と女の人が話しています。二人は、何時からの映画の席を予約しますか。

F：会社を出るのが6時だから、6時半からだとちょっと間に合わないな。

M：そうか。<u>僕は明日はけっこう早く帰れそうだから、6時半</u> ◀ 關鍵句

<u>でもいいんだけどね。</u>
　　①

> ①男の人は、6時半でもいい、と言っている。

F：へえ。珍しい。<u>じゃ、私もがんばって早めに仕事を終わらせ</u> ◀ 關鍵句

<u>て、なんとか間に合うようにするよ。</u>
　　②

> ②女の人は、間に合うようにするよ、と言っている。6時半に行くという意味。

M：でもこれ、少しでも遅くなったら話がわからなくなるよ。7時でいいよ。やっぱり映画は、絶対に最初から見ないとダメだ。

F：だいじょうぶよ。でも、あ、50分に始まるのもある。

M：そうなんだけどさ、こっちは全部売り切れだよ。席がない。

> ③がんばって6時半に行くと言っている。

F：ああ、残念。<u>じゃ、やっぱりがんばるから、先に行って</u> ◀ 關鍵句

<u>座ってて。</u>
　　③

M：そう？じゃ予約するよ。

二人は、何時からの映画の席を予約しますか。

1　六時から
　　ろくじ

2　六時半から
　　ろくじはん

3　六時五十分から
　　ろくじ　ごじゅっぷん

> 3　6時50分からのは売り切れ。

4　七時から
　　しちじ

□ 予約 預約
　よやく

□ なんとか 想方設法

□ 売り切れる 賣完
　う　き

28

翻譯與解題

もんだい ❶

もんだい 2

もんだい 3

もんだい 4

もんだい 5

（2）

男士和女士正在談話。請問兩人預訂了幾點開始的電影票？

F：我離開公司是六點，所以預約六點半恐怕趕不上吧。

M：這樣喔。我明天應該可以很早就離開公司，所以才想說買六點半的場次。

F：是哦？真難得。那我也加加油提早完成工作，盡量趕上電影。

M：可是這部電影，即使只是晚一點入場就看不懂劇情了耶。訂七點好了啦。電影如果不從頭開始看就沒意思了。

F：應該來得及吧。啊，還有五十分開演的場次喔。

M：有是有，可惜已經全部賣完，沒有票了。

F：唉，真可惜。那我還是努力趕完工作，你先進場坐著等我吧。

M：真的嗎？那我預約囉！

①男士提到可以買六點半的場次。

②女士回答她要盡量趕上電影。也就是要六點半去的意思。

③女士說她要努力趕完工作，趕上六點半的電影。

Answer **2**

請問兩人預訂了幾點開始的電影票？

1 六點開始

2 六點半開始

3 六點五十分開始

4 七點開始

選項 3，六點五十分開始的電影票已經賣完了。

□ 支払い 支付
□ 振り込み 轉帳
□ クレジットカード
　【credit card】
　信用卡
□ 速達 快件
□ 受け取り 領取
□ 済む 結束

3番

男の人が旅行会社に電話をして、バスのチケットを予約しています。男の人は料金をどうやって支払いますか。

F：京都まで、大人お一人様、11時ご出発のロイヤルシートですね。7,800円になります。お支払い方法はどうなさいますか。

M：ええと、銀行振り込みで。

F：申し訳ありません、こちら、あさってのご出発なので、直接こちらの窓口に来ていただくか、インターネットを使ってクレジットカードでお支払いいただく方法になってしまうんです。コンビニも、ちょっと間に合わないので。◁**關鍵句** ①

M：チケットはどうなりますか。◁**關鍵句** ②

F：はい、お支払いの確認後に、速達でお送りします。

M：受け取りに行くことはできるんですか。◁**關鍵句** ③

F：はい。本日ですと8時まで開いております。お支払いが済めばその場でチケットもお渡しします。◁**關鍵句** ④

M：じゃ、そうします。◁**關鍵句** ⑤

① 支払い方法は、直接窓口に行くか、クレジットカードで支払うかのどちらか。

②③④支払いが済めば、その場でチケットが受け取れる。

⑤「そうします」は、窓口に支払いに行って、チケットを受け取るということ。

1　男の人の「銀行振り込みで」に、女の人は「申し訳ありません」と言っている。

2は、男の人が窓口に行くことを選んだことから、間違いと判断する。

3「コンビニもちょっと間に合わないので」と言っている。

男の人は料金をどうやって支払いますか。

1　銀行で振り込む

2　クレジットカードで払う

3　コンビニで払う

4　直接払いに行く

翻譯與解題

もんだい

❶

もんだい

2

もんだい

3

もんだい

4

もんだい

5

（3）

男士正打電話給旅行社預約巴士票。請問男士要用什麼方式支付車票錢？

F：您訂購的是到京都的一張成人票、11點出發的豪華席，以上正確嗎？票價為7,800圓。請問您選擇哪一種支付方式？

M：嗯……銀行轉帳好了。

F：非常抱歉，因為車票的出發日期就在後天，因此付款方式只能選擇直接臨櫃支付，或是透過網路刷信用卡。即使選用超商繳款的方式，可能也趕不及了。

M：請問要怎麼取票呢？

F：關於取票，於確認付款完成之後，將用限時專送寄達。

M：我可以親自取票嗎？

F：可以的，我們今天營業到八點，付款完成就可以當場取票了。

M：那就這麼辦吧。

> ①支付方式只能選擇直接臨櫃支付，或是透過網路刷信用卡。

> ②③④付款完成後，就可以當場取票了。

> ⑤男士回答「そうします／那就這麼辦吧」是指他要臨櫃支付、並且當場取票。

--- Answer **4**

請問男士要用什麼方式支付車票錢？

1　銀行轉帳

2　信用卡付款

3　便利商店繳款

4　直接去現場付款

> 選項1，對於男士說要「銀行振り込みで／銀行轉帳」，女士以「申し訳ありません／非常抱歉」來拒絕男士。

> 選項2，從男士選擇了臨櫃付款可以判斷選項2不正確。

> 選項3，女士提到「コンビニもちょっと間に合わないので／超商繳款的方式，可能也趕不及了」。

4番

会社で、上司が部下に話をしています。部下はこれから何をしなければなりませんか。

> 会話の後半は、マイクの話をしている。

M：今までかなり準備をしていたみたいだから、だいじょうぶだと思うけど、明日の資料の準備はできている？

F：はい。中国語の資料を準備しました。あと、通訳も9時に来ます。今回、英語の資料は準備していませんが…。

> ①②マイクは田中君に直してもらっている。

M：ああ、それはいいよ。会議室で使うマイクは？ ⟨關鍵句 ①

F：はい、今朝、置いておきました。

M：あ、あれね、ちょっと調子が悪かったから、田中君に直してもらっているんだ。 ⟩關鍵句 ②

> ③田中さんは出かけてしまった。

F：田中さん、さっきでかけてしまって、今日は会社に戻らないと言っていましたが。 ⟨關鍵句 ③

M：えっ、まずいな、彼は明日使うことは知らないはずだから。連絡とれるかどうか…。確かあれしかないと思うけど。

> ④「新しいの」の「の」は、マイクのこと。

F：わかりました。すぐに新しいのを準備します。 ⟨關鍵句 ④

部下はこれから何をしなければなりませんか。

> 1 通訳は9時に来る

1 通訳に連絡する

> 2 男の人は「ああ、それはいいよ」と言っている。

2 英語の資料を準備する

3 田中さんに連絡する

> 3 男の人は「連絡とれるかどうか」と言っている。

4 新しいマイクを準備する

□ 通訳 翻譯員

□ 直す 修理

翻譯與解題

もんだい ❶

もんだい 2

もんだい 3

もんだい 4

もんだい 5

（4）

主管和部屬正在公司裡談話。請問部屬接下來必須做什麼呢？

M：到目前為止好像已經做了不少準備，我想應該沒有問題，不過還是問一下，明天要用的資料都準備好了嗎？

F：是的，已經準備好中文資料了。另外，口譯人員會在九點抵達。但是這次沒有準備英文資料……。

　　　對話後半段討論的都是麥克風。

M：哦，那不需要。要在會議室使用的麥克風呢？

　　　①②麥克風已經交給田中修理了。

F：麥克風沒問題，今天早上已經放到會議室裡了。

M：啊，那支麥克風嗎？那一支出了一點問題，已經交給田中修理了。

F：田中先生剛才離開辦公室了，而且他說今天不會再進來公司了。

　　　③田中離開辦公室了。

M：什麼！真是糟糕，他應該不知道明天就要用麥克風了。該不該連絡他呢……？我印象中公司只有那支麥克風。

F：了解，我馬上就去準備一支新的麥克風。

　　　④「新しいの／新的」的「の／的」是指麥克風。

Answer **4**

請問部屬接下來必須做什麼呢？

1　聯絡口譯人員

2　準備英文資料

3　聯絡田中先生

4　準備新的麥克風

　　　選項1，口譯人員會在九點抵達。

　　　選項2，男士說「ああ、それはいいよ／哦，那不需要」。

　　　選項3，男士說「連絡とれるかどうか／該不該連絡他呢」。

□ って 表示引用
□ 断る 拒絶

5番

男の人と女の人が話しています。二人はまず何をしなければなりませんか。

M：ああ疲れた。

F：ほんと。でも、久しぶりに楽しかったね。やっぱり山はいいよ。さあ、シャワー浴びようっと。
（電話の着信音）

F：もしもし…あ、お母さん、こんにちは。…はい。えっ！？はい…だいじょうぶです。じゃ、お待ちしています。…大変。今からお母さんが来るって。

M：えっ、今から？断ればよかったのに。

①掃除より買い物の方が先、という意味。

F：そんなの無理よ。掃除しないと。あっ、買い物。買い物が先。冷蔵庫の中、何にもないよ。これじゃ料理も何にもできないから。　〈關鍵句〔1〕

②③洗濯物はあとでいいと言っている。

M：でも、この洗濯物、どうするの。〈關鍵句〔2〕

F：そんなのあとでいいよ。〈關鍵句〔3〕

二人はまず何をしなければなりませんか。

1　シャワーを浴びる
2　買い物に行く
3　掃除をする
4　料理をする

翻譯與解題

もんだい ①

もんだい 2

もんだい 3

もんだい 4

もんだい 5

（5）

男士和女士正在談話。請問他們兩人必須先做什麼呢？

M：唉，好累哦。

F：真的很累。不過，好久沒這麼盡興了，爬山最能療癒身心了。好，來洗澡吧！
（電話鈴聲）

F：喂……啊，媽媽好！……您請説。……啊！？好……沒問題，那我等媽媽來哦！……糟了啦，你媽媽説等一下要來！

M：什麼！等一下要來？妳怎麼不告訴她不行呢？

F：我怎麼講啊？要趕快打掃家裡了。啊對，買菜！要先去買菜！冰箱裡空空的，連一盤菜都煮不出來。

①意思是買菜比打掃更緊急。

M：那，這些髒衣服怎麼辦？

②③對話中提到等媽媽回去之後再洗衣服。

F：那個等你媽媽回去之後再洗啦。

Answer **2**

請問他們兩人必須先做什麼呢？

1　淋浴

2　去買菜

3　打掃

4　煮菜

N2 聴力模擬考題　問題1　第三回

問題1では、まず質問を聞いてください。それから話を聞いて、問題用紙の1から4の中から、最もよいものを一つ選んでください。

(1-16) 例　【答案詳見：200頁】　　　　　　答え：① ② ③ ④

1　コート

2　傘

3　ドライヤー

4　タオル

(1-17) 1番　【答案詳見：038頁】　　　　　　答え：① ② ③ ④

1　歓迎会の人数が増えたことを居酒屋に連絡する。

2　先生に歓迎会に出欠するかどうか確認をする。

3　ゼミで発表をする。

4　先生の出欠について女の人にメールを送る。

(1-18) 2番　【答案詳見：040頁】　　　　　　答え：① ② ③ ④

1　免許証

2　クレジットカード

3　電気やガス代の請求書

4　健康保険証

(1-19) **3番** 【答案詳見：042頁】　　答え：① ② ③ ④

1　会議に出席する
2　薬を買いに行く
3　ズボンを買いに行く
4　ベルトを買いに行く

(1-20) **4番** 【答案詳見：044頁】　　答え：① ② ③ ④

1　台所レンジを分解する
2　台所レンジの掃除
3　エアコンの分解
4　押入れの掃除

(1-21) **5番** 【答案詳見：046頁】　　答え：① ② ③ ④

1　卒業証明書と成績証明書
2　卒業証明書と成績証明書の翻訳
3　振り込み用紙
4　振り込みの領収書

問題1では、まず質問を聞いてください。それから話を聞いて、問題用紙の1から4の中から、最もよいものを一つ選んでください。

□ 新入生 新生
□ 歓迎会 歓迎會
□ いらっしゃる 來、去、在的尊敬語
□ おっしゃる 説的尊敬語
□ ゼミ【(德) Seminar 之略】研討會

1番

大学生が新入生歓迎会の準備について話をしています。男の人はこのあと、何をしますか。

F：先輩、新入生、もう一人増えたそうですよ。だから、明日の歓迎会の席、一人増やさないと。

M：そうか。じゃ、全部で6人だね。あ、先生はいらっしゃるの。

F：わからないっておっしゃってたけど、やっぱり予約はしないと。私、しておきますね。

M：ありがと。でさ、歓迎の挨拶なんだけど、悪いけど、たのめないかな。俺、ゼミの発表があって少し遅くなりそうなんだ。<u>先生への連絡は、すぐやっとく*から。</u>　關鍵句 ①

F：わかりました。考えておきます。あ、先生がいらっしゃるかどうか、メールいただけますか。

M：うん、わかった。

> ① 「すぐやっとく」と言っている。

男の人はこのあと、何をしますか。

> 1 女の人がやっておくと言っている。

1 歓迎会の人数が増えたことを居酒屋に連絡する。

2 先生に歓迎会に出欠するかどうか確認をする。

> 3 明日のこと。

3 ゼミで発表をする。

> 4 先生に連絡した後にすること。

4 先生の出欠について女の人にメールを送る。

* 「やっとく」は「やっておく」の話し言葉。

翻譯與解題

もんだい **①**

もんだい **2**

もんだい **3**

もんだい **4**

もんだい **5**

第一大題。請先聽每小題的題目,接著聽完對話,再從答案卷上的選項1到4當中,選出最佳答案。

（1）

大學生們正在談論迎新活動。請問男士接下來要做什麼?

F：學長,好像又多一名新生囉,所以明天的迎新會必須增加一個位子。

M：喔,那總共六個人吧。對了,教授會出席嗎?

F：教授說他還不確定,我想還是要幫教授預留一個位子才行。我去預約囉。

M：謝謝。另外還有件事想麻煩妳。不好意思,迎新的致詞可以拜託妳嗎?因為我那天專題討論課要上台報告,可能晚一點到。教授那邊我現在*就連絡。

> ①男士提到「すぐやっとく／現在就去做（亦即,現在就去聯絡教授）」。

F：我知道了,我會想想致詞的內容。對了,教授要不要出席,可以請學長傳簡訊告訴我嗎?

M：嗯,知道了。

Answer **2**

請問男士接下來要做什麼?

1　告知居酒屋迎新會將增加人數

2　向教授確認是否出席迎新會

3　發表研討會報告

4　傳訊息給女士告知教授是否會出席

> 選項1,女士說她要去預約。

> 選項3,這是明天的事。

> 選項4,這是聯絡教授後才要做的事。

---

*「やっとく／先做」是「やっておく／事先做」的口語說法。

2番

学生が図書館のカウンターで話をしています。学生は、車に何をとりに行きますか。

F：図書カード作成のお申込みですか。

M：はい。申し込み用紙はこれでいいでしょうか。

F：はい、ありがとうございます。…今日は、身分を証明するものはお持ちですか。

> ①車にあるのは免許証。

M：はい。あれ？…ああ、免許証は車の中なので、クレジットカー [1]　【關鍵句】
ドでもいいですか。

F：ええ、その場合、何かもう一つ、住所に届いたガスや電気代とかの請求書などはお持ちですか。

M：ええと…。持ってないですね。捨てちゃうから。

F：保険証でもいいんですが。

> ②やはり、とって来ると言っている。

M：あるんですけど、まだ前の住所なんで…やっぱり、車からとっ [2]　【關鍵句】
てきます。

学生は、車に何をとりに行きますか。

> 2 クレジットカードの場合は何かもう一つ必要。

> 3 請求書は持っていない。

> 4 保険証は前の住所なので使えない。

1　免許証

2　クレジットカード

3　電気やガス代の請求書

4　健康保険証

□ カウンター【counter】服務台

□ 作成 製作

□ 身分 身分

□ 免許証 許可證，執照

□ クレジットカード【credit card】信用卡

□ 請求書 帳單；申請書

翻譯與解題

もんだい **❶**

もんだい **2**

もんだい **3**

もんだい **4**

もんだい **5**

（2）

學生正在圖書館的服務台前談話。請問學生要去車上拿什麼東西呢？

Ｆ：請問要申請借閱證嗎？

Ｍ：對。請問申請單這樣就填寫完整了嗎？

Ｆ：沒有問題，謝謝。……請問今天帶了身分證明文件嗎？

Ｍ：帶來了。咦？……啊，駕照放在車上了，信用卡可以嗎？

> ①放在車上的是駕照。

Ｆ：可以，但這樣就必須再出示一份寄到住處的瓦斯或電費帳單之類的文件，請問帶來了嗎？

Ｍ：我想想看……，沒有耶，都丟掉了。

Ｆ：有健保卡的話也可以哦。

Ｍ：健保卡是帶了，可是上面寫的還是以前的住址……。我還是回車上拿好了。

> ②學生提到"我還是回車上拿好了"。

Answer 1

請問學生要去車上拿什麼東西呢？

1　駕照

2　信用卡

3　電費或瓦斯費的帳單

4　健保卡

> 選項 2，以信用卡申請的話還需要再出示另一份文件。

> 選項 3，這名學生沒有瓦斯或電費帳單之類的文件。

> 選項 4，健保卡上面寫的是以前的住址，所以無法使用。

3番

<ruby>男<rt>おとこ</rt></ruby>の<ruby>人<rt>ひと</rt></ruby>と<ruby>女<rt>おんな</rt></ruby>の<ruby>人<rt>ひと</rt></ruby>が<ruby>会社<rt>かいしゃ</rt></ruby>で<ruby>話<rt>はな</rt></ruby>しています。<ruby>男<rt>おとこ</rt></ruby>の<ruby>人<rt>ひと</rt></ruby>はこの<ruby>後何<rt>あとなに</rt></ruby>をしますか。

F：さっきからずっとおなかを<ruby>押<rt>お</rt></ruby>さえているけど、どうかしたの。もう<ruby>会議<rt>かいぎ</rt></ruby>、<ruby>始<rt>はじ</rt></ruby>まるけど<ruby>大丈夫<rt>だいじょうぶ</rt></ruby>？

M：うん、<ruby>昨日<rt>きのう</rt></ruby>、<ruby>課長<rt>かちょう</rt></ruby>と<ruby>飲<rt>の</rt></ruby>みに<ruby>行<rt>い</rt></ruby>ったんだけど、ちょっと<ruby>飲<rt>の</rt></ruby>み<ruby>過<rt>す</rt></ruby>ぎたみたいでさ。

F：ええっ。<ruby>痛<rt>いた</rt></ruby>いの？<ruby>薬<rt>くすり</rt></ruby>のんだ？

M：いや、<ruby>酔<rt>よ</rt></ruby>っ<ruby>払<rt>ばら</rt></ruby>って、<ruby>部長<rt>ぶちょう</rt></ruby>の<ruby>家<rt>いえ</rt></ruby>に<ruby>泊<rt>とま</rt></ruby>ったんだよ。で、<ruby>朝目<rt>あさめ</rt></ruby>が<ruby>覚<rt>さ</rt></ruby>めたら、<u>どっかでベルトをなくしちゃってて。</u>で、<ruby>部長<rt>ぶちょう</rt></ruby> 1 のを<ruby>借<rt>か</rt></ruby>りようとしたんだけど、<ruby>全然<rt>ぜんぜん</rt></ruby>サイズが<ruby>合<rt>あ</rt></ruby>わなくて。それで、ズボンが<ruby>下<rt>さ</rt></ruby>がらないか<ruby>気<rt>き</rt></ruby>になっちゃって…。 **關鍵句**

F：<ruby>最低<rt>さいてい</rt></ruby>。<ruby>会議<rt>かいぎ</rt></ruby>の<ruby>時<rt>とき</rt></ruby>に<ruby>下<rt>さ</rt></ruby>がってきたらどうするの？<u><ruby>地下<rt>ちか</rt></ruby>のカバン<ruby>屋<rt>や</rt></ruby>で<ruby>売<rt>う</rt></ruby>ってるから、さっさと*<ruby>買<rt>か</rt></ruby>ってくれば？</u> 2 **關鍵句**

M：えっ、あそこで<ruby>売<rt>う</rt></ruby>ってるの？じゃ、すぐ<ruby>買<rt>か</rt></ruby>ってくるよ。

F：<ruby>急<rt>いそ</rt></ruby>いでよ。もう。

①ベルトをなくした。

②<ruby>買<rt>か</rt></ruby>ってくれば？と言われている。

<ruby>男<rt>おとこ</rt></ruby>の<ruby>人<rt>ひと</rt></ruby>はこの<ruby>後<rt>あと</rt></ruby>すぐに<ruby>何<rt>なに</rt></ruby>をしますか。

1　<ruby>会議<rt>かいぎ</rt></ruby>に<ruby>出席<rt>しゅっせき</rt></ruby>する
2　<ruby>薬<rt>くすり</rt></ruby>を<ruby>買<rt>か</rt></ruby>いに<ruby>行<rt>い</rt></ruby>く
3　ズボンを<ruby>買<rt>か</rt></ruby>いに<ruby>行<rt>い</rt></ruby>く
4　ベルトを<ruby>買<rt>か</rt></ruby>いに<ruby>行<rt>い</rt></ruby>く

□ <ruby>押<rt>お</rt></ruby>さえる 按壓

□ <ruby>飲<rt>の</rt></ruby>み<ruby>過<rt>す</rt></ruby>ぎる 喝得過多

□ <ruby>酔<rt>よ</rt></ruby>っ<ruby>払<rt>ばら</rt></ruby>う 醉酒

□ ベルト【belt】 腰帶

□ <ruby>下<rt>さ</rt></ruby>がる 下垂；下降

*「さっさと」は、<ruby>急<rt>いそ</rt></ruby>いで、<ruby>速<rt>はや</rt></ruby>く、という<ruby>意味<rt>いみ</rt></ruby>。

翻譯與解題

もんだい ❶

もんだい 2

もんだい 3

もんだい 4

もんだい 5

（3）

男士和女士正在公司裡談話。請問男士接下來要做什麼呢？

F：你從剛才就一直按著肚子，怎麼了嗎？會議就要開始了，不要緊吧？

M：嗯，昨天跟科長去喝酒，好像有點喝多了。

F：什麼！肚子很痛嗎？吃過藥了嗎？

M：不是那樣，是因為我喝得醉醺醺的，在經理家借住了一晚，可是早上醒來卻怎麼都找不到皮帶，就向經理借了一條，但尺寸完全不合，只好一直按著，很怕褲子掉下去……。

> ①皮帶不見了。

F：真受不了你。萬一開會時候掉下來怎麼辦？地下室的皮件店有賣皮帶，你還是趕快*去買一條吧！

> ②女士提到 "去買一條吧"。

M：什麼，那裡有賣？那我馬上去買。

F：快點哦！真是的。

.... Answer 　4

請問男士接下來要做什麼呢？

1　出席會議

2　去買藥

3　去買褲子

4　去買皮帶

*「さっさと／趕快」是 "快點、迅速" 的意思。

4番

<ばん>

男の人と女の人が、引っ越しの準備をしています。女の人はこれから何をしますか。

M：だいぶ片付いてきたね。次はどうしよう。

F：時間がかかることからやっちゃわないとね*。台所のレンジの掃除は大変そう。

M：うん。落ちにくい汚れがついた部分もあるだろうから、バラバラにして、洗剤につけておかないとね。あと、エアコンの掃除もあるし。

F：ああ、エアコンは、あっちに行ってから、取り付ける時に掃除してくれるって。

M：へえ。いいサービスだね。じゃ、押入れの中はいつやる？　①　＜關鍵句

F：私がそっちを始めてるから、レンジお願い。②　＜關鍵句

> ①②私が押入れの掃除を始めると言っている。

> 「そっち」は直前に男の人が言った「押入れ」のこと。

女の人はこの後何をしますか。

1　台所レンジを分解する
2　台所レンジの掃除
3　エアコンの分解
4　押入れの掃除

□ レンジ【range】微波爐
□ 洗剤 清潔劑
□ 取り付ける 安裝
□ 押入れ 壁櫥

* 「やっちゃわないとね」は「やってしまわないとね」の話し言葉。

翻譯與解題

もんだい ❶

もんだい 2

もんだい 3

もんだい 4

もんだい 5

（4）

男士和女士正在準備搬家。請問女士接下來要做什麼呢？

M：整理得差不多了吧。接下來要做什麼？

F：得從要花很多時間的地方開始做起才行＊。廚房裡的微波爐清理起來好像很麻煩。

M：嗯。有些地方附著了頑強的的汙垢，必須使用清潔劑才能讓汙垢剝落下來。另外，還得清理冷氣機。

F：喔對，安裝冷氣的公司說，搬到新家後要安裝時，會幫我們清理冷氣。

M：是哦，服務真周到。那，什麼時候要清理壁櫥？

F：我現在就去清那邊。微波爐就拜託你了。

> ①②女士提到她現在就要清理壁櫥。

> 女士提到「そっち／那邊」的前一句，男士正在詢問「押入れ／壁櫥」。

Answer **4**

請問女士接下來要做什麼呢？

1　拆開廚房的微波爐

2　清理廚房的微波爐

3　拆開冷氣

4　清理壁櫥

＊「やっちゃわないとね／必須得～」是「やってしまわないとね／必須要做～」的口語說法。

5番

大学を受験する留学生と先生が、提出する書類を確認しています。留学生は、家に何をとりに帰りますか。

M：先生、今、大学に提出する書類のチェックをお願いできますか。

F：いいですよ。まず、卒業証明書と成績証明書。

M：はい。これです。

F：あれ？翻訳は？証明書の翻訳が必要ですよ。

M：全部ですか。

F：この大学はそうです。あと、領収書。お金は振り込みましたか。

M：ええ。お金はコンビニで払いました。振り込みの領収書も　關鍵句
家にあります。
①

F：家ですか。それも、ここにほら、のりで貼らなければならないんですよ。

M：ああ、わかりました。締め切りはまだですけど、早く出し　關鍵句
たいので一度家に取りに戻ります。翻訳はその後に用意し
②
ます。

F：はい。じゃ、ぜんぶそろったらもう一度確認しましょう。

① ② 振り込みの領収書を取りに戻ると言っている。

□ 翻訳 翻譯
□ 領収書 收據
□ 振り込む 繳款
□ のり 膠水
□ 締め切り 截止日；截止

留学生は、何をとりに家に帰りますか。

1 卒業証明書と成績証明書
2 卒業証明書と成績証明書の翻訳
3 振り込み用紙
4 振り込みの領収書

2 翻訳はその後に用意します、と言っている。「その後」とは、領収書をとって来た後。

3 振込用紙のことは話していない。振り込みはコンビニで済んでいる。

翻譯與解題

もんだい

❶

もんだい

2

もんだい

3

もんだい

4

もんだい

5

（5）

參加大學入學考試的留學生正和老師核對要提交的文件。請問留學生要回家拿什麼呢？

M：老師，請問現在可以麻煩您幫我檢查要提交到大學的文件嗎？

F：可以呀。第一項是畢業證書和成績證明書。

M：有，在這裡。

F：咦？譯本呢？證書需要譯本哦。

M：全部都要嗎？

F：這所大學好像都要。另外還需要報名費的收據。你繳款了嗎？

M：繳了，是在便利商店繳的。轉帳的收據也在家裡。

F：你放在家裡哦。你看看這裡的說明，收據必須要用膠水黏貼上去喔。

M：喔好，我知道了。雖然報名截止日還沒到，但我想快點交出去，我這就回家一趟去拿收據。譯本我之後會準備。

F：好。那等全部都準備好了之後，我們再核對一次吧。

①②留學生提到他要回家拿轉帳的收據。

Answer 4

請問留學生要回家拿什麼呢？

1 畢業證書和成績證明書

2 畢業證書和成績證明書的譯本

3 轉帳單

4 轉帳的收據

選項 2，留學生說譯本之後會準備。「その後／之後」是指把收據拿來以後。

選項 3，對話中沒有提到轉帳單。轉帳是在便利商店完成的。

Memo

ポイント理解

在聽取完整的會話段落之後，測驗是否能夠理解其內容（依據剛才已聽過的提示，測驗是否能夠抓住應當聽取的重點）。

考前要注意的事

▶ 作答流程 & 答題技巧

| 聽取說明 | 先仔細聽取考題說明 |

↓

| 聽取 問題與內容 | 測驗目標是在聽取兩人對話或單人講述之後，測驗能否抓住對話的重點、理解事件裡原因、目的，或說話人的心情。選項會印在考卷上。 |

內容順序一般是「提問 ➡ 對話(或單人講述) ➡ 提問」預估有 6 題左右

1 首先確認選項的意思。

2 要邊看選項邊聽對話。提問時常用疑問詞，特別是「どうして」（為什麼）。首先必須理解問題內容，然後集中精神聽取文章中的重點，排除不需要的干擾訊息。

3 注意選項與對話中換句話說的表達方式。

| 答題 | 再次仔細聆聽問題，選出正確答案 |

N2 聴力模擬考題　問題2　第一回　(2-1)

問題2では、まず質問を聞いて下さい。その後、問題用紙のせんたくしを読んで下さい。読む時間があります。それから話を聞いて、問題用紙の1から4の中から最もよいものを一つ選んで下さい。

(2-2) 例　【答案詳見：201頁】　答え： ① ② ③ ④

1　残業があるから

2　中国語の勉強をしなくてはいけないから

3　会議で失敗したから

4　社長に叱られたから

(2-3) 1番　【答案詳見：052頁】　答え： ① ② ③ ④

1　6時間目まで授業があるから

2　熱があるから

3　食欲がないから

4　咳と鼻水が出るから

(2-4) 2番　【答案詳見：054頁】　答え： ① ② ③ ④

1　黒いスーツケース

2　堅いスーツケース

3　柔らかい手提げバッグ

4　堅い手提げバッグ

(2-5) 3番　【答案詳見：056頁】　答え：① ② ③ ④

1　大雨が降っているから
2　電車が遅れているから
3　道路が渋滞しているから
4　道に迷ってしまったから

(2-6) 4番　【答案詳見：058頁】　答え：① ② ③ ④

1　大きい物が詰まったから
2　分解したから
3　階段から落としたから
4　吹き出し口に埃がついていたから

(2-7) 5番　【答案詳見：060頁】　答え：① ② ③ ④

1　曇っているから
2　泳げないから
3　プールが嫌いだから
4　みたいテレビ番組があるから

(2-8) 6番　【答案詳見：062頁】　答え：① ② ③ ④

1　体力をつけたいから
2　犬の散歩のため
3　マラソン大会に出るため
4　朝の公園は涼しいから

問題2では、まず質問を聞いて下さい。その後、問題用紙のせんたくしを読んで下さい。読む時間があります。それから話を聞いて、問題用紙の1から4の中から最もよいものを一つ選んで下さい。

□ 治る 痊癒
□ 食欲 食慾
□ おかゆ 粥
□ 咳 咳嗽
□ 鼻水 鼻涕
□ 症状 症狀

1番

大学で男の学生と女の学生が話しています。女の学生はどうして元気がないのですか。

F：ああ、今日は6時間目まで授業があるなあ。

M：そうだね。あれ、なんか元気ないね。熱でもあるんじゃない。

F：今はそういうわけじゃないんだけど、先週、風邪ひ ◁ 關鍵句
いて熱が出たせい*か、治ったのに食欲がわかなく
て。好きなもの食べられないから力が出ないのよ ◁ 關鍵句
ね。おかゆばっかりなんだもん。

M：珍しいね。いつも食欲だけはだれにも負けないのに。

F：うん。咳とか鼻水とか他の症状が何もないのに食べ ◁ 關鍵句
られないって、いちばんくやしいよ。

① 先週の風邪は治ったが、食欲がないと言っている。

② 「好きな物食べられない」のが元気のない原因。

女の学生はどうして元気がないのですか。

1　6時間目まで授業があるから

2　熱があるから

3　食欲がないから

4　咳と鼻水が出るから

2 先週、熱が出たが、もう治った。

4 咳とか鼻水とかの症状はないと言っている。

*「〜せい」は、それが原因で、悪いことが起こるという意味。「〜せいか」
は「〜のせいかどうか分からないが」「〜のせいかもしれないが」と言いた
いとき。

翻譯與解題

もんだい 1

もんだい ❷

もんだい 3

もんだい 4

もんだい 5

第二大題。請先聽每小題的題目，再看答案卷上的選項。此時會提供一段閱讀時間。接著聽完對話，從答案卷上的選項1到4當中，選出最佳答案。

（1）

男學生和女學生在大學裡談話。請問女學生為什麼無精打采呢？

F：唉，今天要上到第六堂課啊。

M：是啊。咦，妳好像無精打采的，發燒了嗎？

F：現在倒是沒發燒了。但是不知道是不是因為*我上星期感冒發燒，現在雖然好了但卻沒有食慾，喜歡的東西也吃不下，所以全身軟綿綿的。我已經一連吃好幾天稀飯了。

①女學生提到上星期的感冒雖然好了，但還是沒有食慾。

M：真稀奇啊。妳的胃口一向好得很呢。

F：對啊。最氣的就是明明咳嗽和流鼻水之類的症狀都沒有了，卻還是吃不下東西。

②「好きな物食べられない／吃不下喜歡的東西」正是無精打采的原因。

Answer **3**

請問女學生為什麼無精打采呢？

1　因為要上到第六堂課

2　因為發燒了

3　因為沒有食慾

4　因為咳嗽流鼻水

選項2，上星期發燒，但現在已經好了。

選項4，女學生提到咳嗽和流鼻水之類的症狀都沒有了。

*「～せい／因為～」是 "由於這個原因而造成負面的結果" 的意思。「～せいか／不知道是不是因為～」用於想表達「～のせいかどうか分からないが／不知道是不是因為～」、「～のせいかもしれないが／也許是因為～」的時候。

2番

おんな てんいん おとこ ひと
女の店員と男の人がカバンについて話しています。男の
人はどんなカバンがほしいと言っていますか。

F：どんなカバンをお探しでしょうか。

M：来週出張に行くので、そのときに使うカバンがほし
　　いんですが。

F：1泊用ですとこちら、2，3泊用ですと、こちらに
　　なりますが…。

M：出張先で持って歩くカバンがほしいんです。 關鍵句 ①

F：ああ、それなら、スーツケースに収まるタイプがよ 關鍵句
　　ろしいですね。こちらは柔らかくて、このようにす ②
　　ればかなり小さくなります。

M：うーん、もっとしっかり堅い方がいいな。色は黒で 關鍵句
　　いいんですけど。それと、肩に下げる時の紐がつい ③
　　ていないのはありますか。

> ①②から、スーツケースの中に入るものと分かる。

> 手で持つ形を「手提げバッグ」、肩から紐で下げる形を「ショルダーバッグ」という。

おとこ ひと
男の人はどんなカバンがほしいと言っていますか。

1　黒いスーツケース
2　堅いスーツケース
3　柔らかい手提げバッグ
4　堅い手提げバッグ

> ③堅いかばんがいいと言っているので、4が正解。

□ 出張先 出差地點
□ スーツケース 【suitcase】 行李箱
□ 収まる 収納
□ 肩に下げる 肩背
□ 紐 背帶

翻譯與解題

もんだい 1

もんだい ❷

もんだい 3

もんだい 4

もんだい 5

（2）

女店員和男顧客正在談論提包。請問男顧客說他想要怎麼樣的提包呢？

Ｆ：請問您在找哪種款式的提包呢？

Ｍ：下星期要出差，想找適合帶去的提包。

Ｆ：適合兩天一夜的包款在這區，如果要住二到三天的話，請參考這區……。

Ｍ：我想要能在出差地點提著走的款式。

Ｆ：好的，這樣的話，能收進旅行箱的款式如何呢？這一款的材質較軟，像這樣就能摺得很小。

Ｍ：嗯……還是硬挺一點的比較好。顏色的話，黑的就可以了。另外，有不附肩背帶的款式嗎？

> 從①②可知，答案是可以放進行李箱的東西。

> 用手拎提的包款稱作「手提げバッグ／手提包」，揹在肩上的包款稱作「ショルダーバッグ／肩背包」。

Answer **4**

請問男顧客說他想要怎麼樣的提包呢？

1　黑色的行李箱

2　堅硬的行李箱

3　柔軟的手提包

4　堅硬的手提包

> ③因為男士提到硬挺的提包比較好，所以正確答案是選項4。

□ 踏切 平交道
　ふみきり
□ 事故 事故
　じこ
□ 渋滞 塞車
　じゅうたい

3番
　ばん

電話で男の人と女の人が話しています。男の人が遅くな
でんわ　おとこ　ひと　おんな　ひと　はな　　　　　　　　おとこ　ひと　おそ
る理由は何ですか。
りゆう　なん

M：お世話になっております。田中です。
　　　せ わ　　　　　　　　　　　　たなか

F：ああ、田中さん。山口です。こちらこそお世話になっ
　　　　　たなか　　　やまぐち　　　　　　　　　　せ わ
　　ております。

M：本当に申し訳ないんですが、今、横浜駅の近くにいて、
　　ほんとう　もう　わけ　　　　　　いま　よこはまえき　ちか
　　そちらにうかがうのが予定よりもうちょっと遅くな
　　　　　　　　　　　　　よ てい　　　　　　　　　おそ
　　りそうなんです。

F：ああ、それはいいですよ。今日はまだしばらく会社
　　　　　　　　　　　　　　きょう　　　　　　　　かいしゃ
　　にいますから。ひどい雨だし、電車、遅れているみ ⟨關鍵句
　　　　　　　　　　　　　あめ　　でんしゃ　おく
　　たいですね。
　　　①

M：ああ、そうみたいですね。私は車なんですが、どう ⟨關鍵句
　　　　　　　　　　　　　　わたし　くるま
　　もさっき、踏切で事故があったようで、それでかな ⟨關鍵句
　　　　　　ふみきり　じ こ
　　り道が渋滞しちゃってて*。
　　　みち　じゅうたい
　　　③

F：それは大変ですね。うちは大丈夫ですよ。道がわか
　　　　　たいへん　　　　　　　だいじょうぶ　　　みち
　　らなかったら、またお電話くださいね。気をつけて
　　　　　　　　　　　　でん わ　　　　　　き
　　いらっしゃってください。

①大雨で電車が遅れ
ているが、②男の人は
車で来ている。

③渋滞が、遅くなる
理由。

男の人が遅くなる理由は何ですか。
おとこ　ひと　おそ　　　りゆう　なん

1　大雨が降っているから
　　おおあめ　ふ

2　電車が遅れているから
　　でんしゃ　おく

3　道路が渋滞しているから
　　どうろ　じゅうたい

4　道に迷ってしまったから
　　みち　まよ

1、2は車なので関
係ない。

4は、実際に迷った
わけではない。女の人
が「もし、分からなく
なったら」と声をかけ
てくれている。

* 「渋滞しちゃってて」の「しちゃってて」は「してしまっていて」の話し
言葉。かなりくだけた言い方。

翻譯與解題

もんだい 1

もんだい ❷

もんだい 3

もんだい 4

もんだい 5

（3）

男士和女士正在通電話。請問男士為什麼遲到呢？

M：感謝平時惠予關照，我是田中。

F：哦，田中先生，我是山口。同樣承蒙關照了。

M：非常抱歉，我現在在橫濱站附近，大概會比預定時間晚一點到您那裡。

F：哦，沒關係，我今天還會留在公司一段時間。雨這麼大，聽説電車都誤點了。

M：是啊，我也聽説了。不過我今天是開車來，可是剛才平交道上好像發生了事故，塞車非常嚴重*。

F：辛苦您了。請放心，我會等您來。如果不知道路，麻煩再打電話過來。開車請小心。

①雖然下大雨電車會誤點，②但男士是開車來的。

③塞車是男士遲到的理由。

Answer **3**

請問男士為什麼遲到呢？

1　因為下大雨

2　因為電車誤點了

3　因為路上塞車了

4　因為迷路了

選項1和選項2，因為男士是開車來的所以沒關係。

選項4，實際上男士並沒有迷路。女士是提醒男士「もし、分からなくなったら／如果不知道路」。

* 「渋滞しちゃってて／塞車了」的「しちゃってて／…了」是「してしまっていて／…了」的意思。是非常不正式的説法。

□ 掃除機 吸塵器
□ へこむ 凹陷
□ 吸い込む 吸入
□ ふた 蓋子
□ スイッチ【switch】開關
□ 触る 接觸
□ 故障 故障
□ 埃 灰塵
□ 取り外せる 拆卸

4番

女の店員と男の人が掃除機について話しています。女の人は掃除機が壊れた理由は何だと言っていますか。

F：ああ、こちらですね。

M：はい。ふつうに使っていたんですけどね。動かなくなったので、<u>何か大きいものでも詰まったのかと思ったんですけど、何もつまってなくて。</u>①　＜關鍵句

F：そうですか…。ああ、ここ、へこんでますね。

M：ええ、半年ぐらい前に、<u>階段から落としちゃって。</u>＜關鍵句　<u>でもその後もちゃんと使えてたんです。</u>②　きのうは、吸い込む力が弱くなったから、<u>中を見てみようと</u>＜關鍵句　思って、このふたを開けたら、ここのスイッチのとこが割れちゃって。③

F：ああ、そうでしたか。たぶん、ふたを開けて、中を触った時に壊れたんだと思いますよ。吸い込む力が弱くなったのは、故障じゃなくて、後ろの吹き出し口に埃がついていたからですね。この部分は取り外せるので、たまに洗っていただければ大丈夫です。ただ、<u>スイッチの部分って壊れやすいので…。お預</u>＜關鍵句　<u>かりして調べてみないと修理代はわからないんですけど。</u>④

①大きい物が詰まったのではない。

②階段から落とした後も使えていた。

③ふたを開けて中を触ったら、スイッチのところが割れた。

④スイッチのところは壊れやすい（壊れている）ので修理が必要。

吸い込む力が弱くなったので、ふたを開けて中を触った際に、スイッチの部分を壊してしまったことが故障の原因。

吸い込む力が弱くなったのは、吹き出し口に埃がついていたからで、これは故障ではない。

4は埃がついていたのは、たまに洗えば大丈夫だと言っている。

女の人は掃除機が壊れた理由は何だと言っていますか。

1 大きい物が詰まったから

2 分解したから＊

3 階段から落としたから

4 吹き出し口に埃がついていたから

＊「分解する」は一つのものを別々に分けること。例・時計を分解して修理する。

（4）

女店員和男顧客正在談論吸塵器。請問女店員説吸塵器為什麼會壞掉呢？

Ｆ：哦，是這裡故障吧。

Ｍ：對。使用方式都和往常一樣，可是突然停止運作了，我還以為有比較大的東西卡在裡面，結果什麼也沒有。

Ｆ：這樣啊⋯⋯。奇怪，這裡凹下去了。

Ｍ：對，這台吸塵器大概半年前從樓梯上掉下去了，但是之後還能正常使用。昨天吸力變弱了，我想看看裡面的狀況，打開這個蓋子後，才發現這個開關的地方裂開了。

Ｆ：哦，這樣啊。我想大概是打開蓋子檢查的時候碰壞了內部零件。至於吸力變弱，並不是故障，而是後面的出風口積了灰塵。這塊外殼可以拆下來，只要偶爾拿去沖洗一下就沒問題了。不過，開關的部分的確比較容易壞掉⋯⋯。至於維修費，必須請您把機器放在這邊，我們做完詳細的檢查之後才能向您報價。

> ①並沒有大的東西卡在裡面。

> ②從樓梯上掉下去之後還是可以正常使用。

> ③打開蓋子檢查的時候，碰壞了開關。

> ④因為開關的部分比較容易壞（已經壞了），所以必須修理。

> 由於吸力變弱，所以打開蓋子檢查，然而卻碰壞了開關，這就是故障的原因。

> 吸力變弱是因為出風口積了灰塵，並不是因為故障。

Answer **2**

請問女店員説吸塵器為什麼會壞掉呢？

1　因為有比較大的東西卡在裡面

2　因為拆開了＊

3　因為從樓梯上掉下去了

4　因為出風口積了灰塵

> 選項4，對話中提到如果積了灰塵，只要偶爾拿去沖洗一下就沒問題了。

＊「分解する／拆開」是指將一件物品的每個部份分開來。例句：將手錶拆開修理。

5番

父親と女の子が話しています。女の子はどうしてプールに行きたくないのですか。

M：さあ、でかけるよ。忘れ物はないかたしかめて。

Ｆ：うん。でもさ、今日ちょっと曇っているんじゃない。

M：いや、雲なんか全然ないよ。あれ、はるなはプールに行きたくないのか。それじゃ、いつになっても泳げるようにならないよ。

Ｆ：もうお父さん、私、この前の 25 メートル、クラスで一番だったよ。

M：ええっ、そうなのか。すごいな。じゃあなんで行きたくないんだ。

Ｆ：だって*今日、6 時から…。─關鍵句①

M：ああ、あの歌手の出るドラマだな。わかったよ。6─關鍵句②時前には帰るから。ほら、行こう。

> ①の女の子のことばに対して、②で父親は「あの…ドラマだな」と言っている。「ドラマ」はテレビ番組のこと。

女の子はどうしてプールに行きたくないのですか。

1　曇っているから
2　泳げないから
3　プールが嫌いだから
4　みたいテレビ番組があるから

□ 曇る 陰天

□ メートル【(法) metre】公尺，米

□ ドラマ【drama】戲劇

*「だって」は、理由や言い訳を言うときの話し言葉。

（5）

爸爸和女兒正在談話。請問女兒為什麼不想去游泳池
呢？

Ｍ：好了，要出門囉。檢查一下東西都帶齊了沒。

Ｆ：嗯。可是呢，今天天氣陰陰的耶。

Ｍ：沒有啊，連一朵雲都沒有喔！春菜，妳該不會是
　　不想去游泳池吧？不去的話，就永遠學不會游泳了
　　哦！

Ｆ：爸爸真是的！上回比賽25公尺，我可是全班第一
　　名耶。

Ｍ：哇，真的嗎？好厲害喔。那妳為什麼不想去游泳
　　池？

Ｆ：因為*，今天六點開始有……。

Ｍ：哦，是那個歌手演出的影集要播映吧。知道囉，我
　　們會在六點前到家。好了，走吧！

①聽到女兒説的話
之後，②父親回答「あ
の…ドラマだな／那
個…影集吧」。「ド
ラマ／影集」是指電
視節目。

Answer　4

請問女兒為什麼不想去游泳池呢？

1　因為天很陰

2　因為不會游泳

3　因為討厭游泳池

4　因為有想看的電視節目

*「だって／因為」是用於表示理由或藉口的詞語。

6番

男の人と女の人が公園で話しています。女の人がよくこの公園に来る理由はなんですか。

M：おはようございます。

F：ああ、おはようございます。早いですね。

M：ええ、犬がね、早く連れて行けってうるさくて。散歩は、朝早い方が涼しいですからね。

F：かわいいですね。私、犬、大好きなんです。触ってもいいですか。

M：ええ、どうぞ。最近毎日お会いしますね。マラソン大会の練習ですか。

F：ああ、実は*先週まで入院をしていて、もうすぐ仕事にもどるので、<u>体力をつけたくてちょっとずつ</u> ⟨關鍵句⟩ <u>走っているんです</u>。休んだり、歩いたりしながらですけど。
　　　　　　　　　　　　1

M：ああ、そうでしたか。

> ①女の人は「体力をつけたくて」と言っている。

女の人がよくこの公園に来る理由はなんですか。

1　体力をつけたいから

2　犬の散歩のため

3　マラソン大会に出るため

4　朝の公園は涼しいから

> 2　犬の散歩をしているのは男の人。

> 3　マラソン大会の練習かと男の人に聞かれただけ。

> 4　涼しいから、と言ったのは男の人。

□ 理由　理由

□ 朝早い　清晨

□ マラソン【marathon】馬拉松

*「実は」は、「本当は」という意味。特別なことを人に言い出すときの言い方。

翻譯與解題

もんだい 1

もんだい ❷

もんだい 3

もんだい 4

もんだい 5

（6）

男士和女士在公園裡談話。請問女士經常來這座公園的理由為何？

Ｍ：早安。

Ｆ：哦，早安。您起得真早呢。

Ｍ：是啊，狗狗一直吵著早點帶牠出來。還是要早一點出來散步比較涼爽啊。

Ｆ：好可愛喔！我最喜歡狗狗了。可以摸摸牠嗎？

Ｍ：可以呀，請摸請摸。最近每天都會遇到妳，在為馬拉松比賽練習嗎？

Ｆ：呃，其實*是因為我之前住院了，這星期才出院，但是再過幾天就要返回工作崗位了，想稍微跑一跑來鍛鍊體力。不過現在還只能跑跑停停的，中間要休息。

Ｍ：哦，原來如此。

①女士提到「体力をつけたくて／想要鍛鍊體力」。

Answer **1**

請問女士經常來這座公園的理由為何？

1　因為想鍛鍊體力
2　為了溜狗
3　為了要在馬拉松比賽出賽
4　因為早上的公園很涼爽

選項２，帶狗狗散步的是男士。

選項３，是否在為馬拉松比賽練習只是男士的疑問。

選項４，提到涼爽的是男士。

*「実は／其實」是「本当は／實際是」的意思。是要向對方說明特別的事情時的說法。

N2 聴力模擬考題　問題2　第二回　(2-9)

問題2では、まず質問を聞いて下さい。その後、問題用紙のせんたくしを読んで下さい。読む時間があります。それから話を聞いて、問題用紙の1から4の中から最もよいものを一つ選んで下さい。

(2-10) 例　【答案詳見：201頁】　答え：① ② ③ ④

1 残業があるから

2 中国語の勉強をしなくてはいけないから

3 会議で失敗したから

4 社長に叱られたから

(2-11) 1番　【答案詳見：066頁】　答え：① ② ③ ④

1 別の店員が、品物の値段を間違えたから

2 別の店員が、帰ってしまったから

3 別の店員が、品物を間違えて渡したから

4 品物が、壊れていたから

(2-12) 2番　【答案詳見：068頁】　答え：① ② ③ ④

1 先生が黒板に書いたことをきちんと書く

2 先生の話の大事な点をメモする

3 自分で疑問に思ったことを書く

4 先生の話した内容に赤いペンで印をつける

(2-13) **3番**　　【答案詳見：070 頁】

1　テストがあるから

2　もうすぐ引っ越しだから

3　引っ越したばかりだから

4　食事を作らなければならないから

(2-14) **4番**　　【答案詳見：072 頁】

1　ホテルの食事がおいしいから

2　珍しい場所に泊るから

3　現場で働く人の話を聞いたから

4　これからテキストで国際交流について学ぶから

(2-15) **5番**　　【答案詳見：074 頁】

1　息子の家に行くのをやめる

2　カギを閉めるのを忘れないようにする

3　出かける時は、近所に声をかける

4　犬の散歩の時間を増やす

(2-16) **6番**　　【答案詳見：076 頁】

1　九時半頃

2　十一時前

3　十二時過ぎ

4　二時頃

問題2では、まず質問を聞いて下さい。その後、問題用紙のせんたくしを読んで下さい。読む時間が
あります。それから話を聞いて、問題用紙の1から4の中から最もよいものを一つ選んで下さい。

1番

女の人と店員が話しています。店員はどうしてあやまっ
ているのですか。

M：いらっしゃいませ。

F：あのう、さっきここで買ったんですけど、袋にちが ＜ 關鍵句
　　う物が入っていて。
　　[1]

M：あ、これは…。大変失礼いたしました。

F：忙しそうだったんで、しょうがないとは思うんです
　　けど。

M：少々お待ちください。…（間）…こちらの品物で間
　　違いはないでしょうか。

F：そうそう。こっちのシャツです。

M：もう、本人が帰ってしまったのですが、よく注意しま ＜ 關鍵句
　　す。わざわざ来ていただいて恐縮です。本当に申し訳
　　[2]
　　ありません。もうこんなことがないように気をつけま
　　すので、どうかまたよろしくお願いいたします。

①袋に違うものが入っ
ていた。

②この「本人」とは
女の人に品物を売った
店員のこと。

□ わざわざ 特意
□ 恐縮 惶恐

店員はどうしてあやまっているのですか。

1　別の店員が、品物の値段を間違えたから

2　別の店員が、帰ってしまったから

3　別の店員が、品物を間違えて渡したから

4　品物が、壊れていたから

1　値段のことは話
していない。

2　帰ってしまった
ことが問題なのではな
い。

4　壊れていたとは
言っていない。

翻譯與解題

もんだい 1

もんだい ❷

もんだい 3

もんだい 4

もんだい 5

第二大題。請先聽每小題的題目，再看答案卷上的選項。此時會提供一段閱讀時間。接著聽完對話，從答案卷上的選項 1 到 4 當中，選出最佳答案。

（1）

女士正在和店員談話。請問店員為什麼道歉呢？

M：歡迎光臨。

Ｆ：不好意思，我剛才來這裡買東西，可是袋子裡的商品好像放錯了。

M：啊，這真是……。真的非常抱歉。

Ｆ：忙中難免會出錯，這也是沒辦法的事。

M：麻煩稍等一下。……（等待時間）……請問應該是這些商品沒錯吧？

Ｆ：對對對，就是這件襯衫！

M：那位店員已經下班了，我們一定會確實做好員工教育。讓您特地跑一趟，真是非常抱歉。我們會小心往後不再發生這種情形，希望您能再度光臨。

> ①袋子裡的商品放錯了。

> ②這裡的「本人」是指之前把商品賣給女士的店員。

Answer **3**

請問店員為什麼道歉呢？

1　因為那位店員弄錯商品的價錢

2　因為那位店員回去了

3　因為那位店員交出了錯誤的商品

4　因為商品損壞了

> 選項 1，對話中沒有提到價錢。

> 選項 2，問題不在那位店員是否回去了。

> 選項 4，對話中沒有提到商品有所損壞。

2番

母親と父親が、子どものノートについて話しています。母親は、どんなノートの取り方がいいと言っていますか。

M：これ、さとしのノート？…なんだ、ちゃんと書いてないな。

F：ああ、そう思う？でもね、これ、結構ちゃんと書けてるほうみたいよ。この前、中学の先生がテレビで話してた。

M：ふうん。まあ、字は…汚くはないな。えんぴつもちゃんと削ってあるし。

F：そうよ。

M：でも、先生が黒板に書いてあったことしか書いてないよ。書かないのかな？　例えば、先生の話のメモとかさ。

F：ああ、自分で疑問に思ったこととかね。まあ、それができるに越したことはない*けど、中学生には無理だって。私も、欲張っていろいろ書いているうちに大切なことを聞き逃すより、中学の間は、先生が書いたことをきちんとした字で写すことが大事だと思う。あとで赤いペンで重要なとこに印をつければ十分よ。 ◄関鍵句

①母親が大事だと思っていること。その前に、「～とか」「～とか」とできていないことをあげているが、「～けど」「～より」と反対の流れになり、「中学の間は…こと」と続く。

母親は、どんなノートの取り方がいいと言っていますか。

1　先生が黒板に書いたことをきちんと書く
2　先生の話の大事な点をメモする
3　自分で疑問に思ったことを書く
4　先生の話した内容に赤いペンで印をつける

2　父親が、できたほうがいいのでは？と思ってあげた例。

3　母親が、2に続いてあげた例。

4　大事なのは1だが、あとで4もやればよいと言っている。

取り方 採取方式
汚い 骯髒的
削る 削
黒板 黑板
疑問 疑問
に越したことはない 最好是～
印 記號

*「～に越したことはない」は、「もちろん～ほうがいい」「できれば～ほうがいい」という意味。例・旅行に行くなら、荷物は小さいに越したことはないですよ。

翻譯與解題

もんだい 1

もんだい ❷

もんだい 3

もんだい 4

もんだい 5

（2）

母親和父親正在討論孩子的筆記。請問母親認為應該用什麼方式做筆記才好呢？

M：這是小聰的筆記本？……這小子，根本沒有好好寫嘛。

F：喔，你這樣覺得嗎？不過，這已經算得上認真寫了哦。我之前在電視節目上看到有位國中老師這樣講過。

M：是這樣嗎？好吧，來看看他的字，字呢……還算整齊，鉛筆也有好好削尖。

F：對呀。

M：不過，他只抄了老師寫在黑板上的字，其他的是不是都沒寫呢？像是記錄老師的講課內容之類的。

F：哦，你指的是例如他想到的問題吧？如果能做到這種程度當然好極了＊，但對國中生來説恐怕太難了。我也覺得在國中階段，與其額外寫下很多心得和疑問，結果沒聽到最重要的上課內容，更應該專心抄寫老師寫在黑板上的字。之後複習時再用紅筆劃重點就夠了。

①是母親認為重要的事。前幾句用「～とか／之類的」、「～とか／之類的」來舉出孩子沒做到的事，接下來幾句話用「～けど／但是」、「～より／與其」形成對話的轉折，之後再接著説明「中学の間は…こと／對國中生來説……」。

Answer 1

請問母親認為應該用什麼方式做筆記才好呢？

1　好好的抄寫老師寫在黑板上的東西
2　將老師話裡的重點做筆記
3　把自己有疑問的點寫下來
4　用紅筆標註老師説的內容

選項 2 是父親列舉出他認為有做到會比較好的事情。

選項 3 是母親聽了父親的話，接著舉出的其他例子。

母親認為最重要的是選項 1，另外如果能做到選項 4 就更好了。

＊「～に越したことはない／如果能～當然好」是「もちろん～ほうがいい／～當然好」、「できれば～ほうがいい／如果～當然好」的意思。例句：如果要去旅行，行李當然是越少越好。

3番

息子と母親が家で話しています。母親が忙しい理由は何ですか。

M：あれ、出かけるの。

F：そう。もう忙しくて目が回り*1そう。昨日も区役所やら郵便局やらで待たされて、今日は銀行。住所変更だけなんだけど、また待たされるかな。 <關鍵句①>

> ①②から引っ越しと分かる。

M：住む所が変わるんだからしかたないよ。あーあ、明日からテスト。いやだなあ。食事はどうするの。

F：カレーを作っておいたから食べて。

M：うん。お母さんはどうするの。

F：帰って来てから食べるわ。午後は本を箱につめなきゃ*2。じゃ、行ってくるから、試験の勉強、がんばってよ。 <關鍵句③>

> ③で、これから引っ越しをすると分かる。

母親が忙しい理由は何ですか。

1　テストがあるから

2　もうすぐ引っ越しだから

3　引っ越したばかりだから

4　食事を作らなければならないから

□ 目が回る 頭昏眼花

□ つめる 填滿

*1 「目が回る」は、とても忙しいと言いたいとき。

*2 「つめなきゃ」は「つめなければ（ならない）」の話し言葉。

翻譯與解題

もんだい 1

もんだい ❷

もんだい 3

もんだい 4

もんだい 5

（3）

兒子和母親在家裡談話。請問造成母親忙碌的理由是什麼呢？

M：咦，媽媽要出門哦？

F：對。我已經忙到頭昏眼花*¹了。昨天在區公所和郵局等了好久，今天還得去銀行。其實只是改個住址而已，這下恐怕又有得等了。

> 從①②可知這一家人要搬家。

M：沒辦法啊，我們要搬家嘛。唉，明天要開始考試了，好煩哦。我午餐吃什麼？

F：我已經煮好咖哩了，你就吃咖哩吧。

M：好。那媽媽呢？

F：我回來後再吃吧。下午得把書裝箱才行*²。那我出門了，念書加油哦！

> 從③可知搬家是還沒發生的事。

Answer 2

請問造成母親忙碌的理由是什麼呢？

1　因為有考試
2　因為馬上就要搬家了
3　因為才剛搬家
4　因為必須要做飯

*¹「目が回る／頭昏眼花」用在想表達非常忙碌的時候。

*²「つめなきゃ／得裝箱」是「つめなければ（ならない）／必須得裝箱」的口語説法。

4番

大学で、男の先生と女の先生が話しています。男の先生は、なぜ参加者が多かったと言っていますか。

F：研修旅行、お疲れ様でした。

M：手伝っていただいて、いろいろ助かりました。ホテルの食事もなかなかでしたよ。

F：たいして珍しいところでもないのに参加者が急に増えたのは驚きましたね。

M：今回は、申し込み締切日の直前に、現地で働いている人の講演がありましたよね。　やはり、国際交流の現場を体験したいと思ったんでしょうね。

> ①が参加者が増えた理由。

> ①の参加者が、②のように思って、研修旅行にも参加したと言っている。

F：国際交流についてはこれからテキストで学ぶところですが、ちょうどいいきっかけになるんじゃないでしょうか。

M：今回の経験を通して、異文化を理解するには、思い切ってまず向こうの文化に飛び込んでみることも大切だと感じてくれているといいんですか。

關鍵句
關鍵句
①
②

男の先生は、なぜ参加者が多かったと言っていますか。

1　ホテルの食事がおいしいから

2　珍しい場所に泊るから

3　現場で働く人の話を聞いたから

4　これからテキストで国際交流について学ぶから

> 4 研修旅行に行ったことが、これから学ぶためのいいきっかけになる、と言っている。研修旅行に参加した理由ではない。

左欄詞彙：
□ 研修旅行 進修旅行
□ 締切日 截止日期
□ 直前 即將～之前
□ 現地 當地
□ 国際交流 國際交流
□ 体験 體驗
□ きっかけ 機會
□ 異文化 不同的文化
□ 思い切って 下決心

翻譯與解題

もんだい 1

もんだい **2**

もんだい 3

もんだい 4

もんだい 5

（4）

男老師和女老師在大學校園裡談話。請問男老師認為與會人數為什麼增加了呢？

Ｆ：舉辦研修營，辛苦您了。

Ｍ：謝謝妳幫了很多忙！飯店的餐點也很不錯哦。

Ｆ：這次並不是在什麼特殊的地點舉辦活動，與會人數卻忽然增加了，真是令人吃驚。

Ｍ：這次活動在報名截止日的前一天，剛好有一場演講的講者是外國工作人士，有些聽眾因此想親身體驗一下國際交流場合吧。

Ｆ：關於國際交流，其實接下來就可以從講義中學到了，不過藉由這次的機會學習，不也是很好的經驗嗎？

Ｍ：如果因為這次經驗，而有學生誤認為想要理解異國文化，最重要的必須先放大膽子，直接讓自己置身於那種文化環境之中，這樣是正確的嗎？

①是與會人數增加的原因。

①②提到與會的學生因為想親身體驗國際交流場合，所以參加了研修營。

Answer **3**

請問男老師説與會人數為什麼增加了呢？

1　因為飯店的餐點很好吃

2　因為住在稀奇的場所

3　因為聽了外國工作人士的談話

4　因為之後講義中有國際交流的相關課程

選項 4，談話中提到參加研修營能為接下來的學習奠定基礎，但這並非參加研修營的理由。

5番
_{ばん}

男の人が近所の人と話しています。男の人はこれからどうすると言っていますか。

F：中野さん、こんにちは。

M：ああ、どうも（犬の鳴き声）。

F：（犬に）ジョン、久しぶり。（男の人に）ご旅行でしたか。

M：しばらく、息子の家に行っていたんですよ。そういえば、近くで事件があったようですね。そこにたくさん警官がいましたよ。

F：あのマンションにどろぼうが入ったみたいですよ。こわいですよね。

M：ああ、カギの閉め忘れかな。

F：いえ、空いてる窓から入ったみたいです。誰もいない時間を狙って。

M：そうか。ここらへんは昼間も人が少ないからなあ。よし。ご近所のために、こいつともっと出歩こう。 ◁—　關鍵句
①

F：ああ、みなさんも、とても助かりますよ。ジョン、よろしくね。

> ①「ご近所のために、もっと出歩こう」と言っている。「もっと」は今までとの比較を表している。「こいつ」は犬のジョンのこと。

男の人はこれからどうすると言っていますか。

1　息子の家に行くのをやめる

2　カギを閉めるのを忘れないようにする

3　出かける時は、近所に声をかける

4　犬の散歩の時間を増やす

□ マンション【mansion】
　公寓

□ どろぼう 小偷

□ 狙う 尋找～的機會
_{ねら}

74

翻譯與解題

もんだい 1

もんだい ❷

もんだい 3

もんだい 4

もんだい 5

（５）

男士正在和附近鄰居交談，請問男士表示之後要怎麼做呢？

Ｆ：中野先生，早安。

Ｍ：早安（狗叫聲）。

Ｆ：（對狗說）約翰，好久不見。（對男士說）您去旅行了嗎？

Ｍ：去了兒子家住了幾天。對了，聽說這附近發生竊案了，那天來了好多警察。

Ｆ：聽說那棟公寓遭小偷了。好恐怖哦！

Ｍ：對啊，不知道是不是忘記鎖門了。

Ｆ：不是的，好像是從沒關的窗戶進到屋裡的。小偷看準了那段時間沒人在家。

Ｍ：這樣啊。這一帶白天的確沒什麼人在。好！為了守望相助，我要常常帶這傢伙出來走動走動。

Ｆ：真是幫大家大忙了呢！約翰，那就拜託你囉！

①男士提到「ご近所のために、もっと出歩こう／為了守望相助，我要常常帶這傢伙出來走動走動」。「もっと／更」是 "要比目前為止，更～" 的意思。「こいつ／這傢伙」是指狗狗約翰。

Answer　**4**

請問男士表示之後要怎麼做呢？

1　不去兒子的家了

2　不忘鎖門

3　出門時和鄰居說一聲

4　增加遛狗的時間

6番
ばん

かいしゃ おとこ ひと おんな ひと はな
会社で男の人と女の人が話しています。女の人は男の人
おんな ひと おとこ ひと

しょるい わた
にいつ書類を渡しますか。

M：おはようございます。

①②今9時で、資
料はあと1時間ででき
る。

F：おはようございます。明日の会議の資料、あと一時
あした かいぎ しりょう いちじ

間ほどでできますがどうやってお渡ししましょう
かん わた
①

か。

M：今、9時ですね。じゃ、カラーで印刷して直接僕に
いま じ いんさつ ちょくせつぼく
②

關鍵句

ください。データは保存しておいてください。
ほぞん

F：わかりました。では、のちほどお持ちします。
も

③男の人は11時に
会社を出る。

M：午前中に行くところがあるので、2時くらいでもい
ごぜんちゅう い じ

いですよ。

④女の人は午後から
出かけるので、それま
でに持って行くと言っ
ている。「それまで
に」は11時までにと
いうこと。

F：何時に出ますか。
なんじ で

M：11時には出ます。
じ で
③

關鍵句

F：わかりました。私は午後から出かけてしまうので、
わたし ごご で

關鍵句

それまでにお持ちします。
も
④

おんな ひと おとこ ひと しょるい わた
女の人は男の人にいつ書類を渡しますか。

1 九時半頃
く じ はんごろ

2 十一時前
じゅういち じ まえ

3 十二時過ぎ
じゅうに じ す

4 二時頃
に じ ごろ

□ どうやって 如何

□ のちほど 稍後

翻譯與解題

もんだい 1

もんだい 2

もんだい 3

もんだい 4

もんだい 5

（6）

男士和女士在公司裡談話。請問女士什麼時候把文件交給男士？

M：早安。

F：早安。明天會議要用的資料，再過一小時左右就能完成了，請問要怎麼給您呢？

M：現在是九點吧。那麼，請用彩色列印，印完直接給我。資料請存檔。

F：好的。那麼我稍後拿過來。

M：我早上要外出一趟，大概兩點左右給我就行了。

F：請問您幾點出門呢？

M：我十一點出門。

F：了解。我下午要外出，所以我會在您出門前送過去給您。

①②現在是九點，資料再過一小時左右就能完成。

③男士十一點要出門。

④女士提到她下午要外出，所以會在男士出門前把資料送過去。「それまでに／在那之前」是指11點男士出門之前。

Answer **2**

請問女士什麼時候把文件交給男士？

1　九點半左右

2　十一點前

3　十二點過後

4　兩點左右

N2 聴力模擬考題　問題2　第三回　(2-17)

問題2では、まず質問を聞いて下さい。その後、問題用紙のせんたくしを読んで下さい。読む時間があります。それから話を聞いて、問題用紙の1から4の中から最もよいものを一つ選んで下さい。

(2-18) 例　【答案詳見：201頁】　答え：① ② ③ ④

1　残業があるから

2　中国語の勉強をしなくてはいけないから

3　会議で失敗したから

4　社長に叱られたから

(2-19) 1番　【答案詳見：080頁】　答え：① ② ③ ④

1　MK ビルの場所がわからないから

2　MK ビルが壊されてしまったから

3　マンションが工事中だから

4　写真屋が休みだから

(2-20) 2番　【答案詳見：082頁】　答え：① ② ③ ④

1　今日はもうたくさん飲んだから

2　胃の調子が悪いから

3　最近、よく眠れないから

4　会社のコーヒーはまずいから

(2-21) **3番** 　【答案詳見：084 頁】

1　明日は新製品の発表だから

2　もう十分準備ができたから

3　病気が悪くなったから

4　病院で検査をしなければならないから

(2-22) **4番** 　【答案詳見：086 頁】

1　安売りだったから

2　きれいに並んでいたから

3　テレビの人気番組で卵の料理を紹介したから

4　健康にいいから

(2-23) **5番** 　【答案詳見：088 頁】

1　前回のテストを受けていない学生と、不合格だった学生

2　９月から日本語３の授業を受ける学生

3　作文を提出していない学生

4　研修旅行に行く学生

(2-24) **6番** 　【答案詳見：090 頁】

1　子どもの頃得意だったから

2　体力がつくから

3　仕事以外の楽しみを作りたいから

4　ルールを良く知っていて簡単にできるから

問題2では、まず質問を聞いて下さい。その後、問題用紙のせんたくしを読んで下さい。読む時間があります。それから話を聞いて、問題用紙の1から4の中から最もよいものを一つ選んで下さい。

1番

女の人と警察官が話しています。女の人はどうして困っているのですか。

F：あのう、すみません。

M：はい、どうなさいましたか。

F：ああ、この近くにMKビルというビルはないでしょうか。

M：MKビルですか。ここから500メートルほど行ったところにあったんですが、数か月前になくなって、今はマンションの工事中です。

F：ああ、やっぱり。その中の写真屋さんに行きたくて、＜關鍵句 1 確かこの辺だったと思ったんですが、いくら探してもないので…。他に写真屋さんってないですか。＜關鍵句 2

M：この駅の近くにもありますよ。電話してみましょう。＜關鍵句 3

F：ありがとうございます。明日までに証明写真がいるのに近所は全部お休みで…。

M：……誰も出ませんね。やっぱりやってないのか…。＜關鍵句 4

F：ああ、困ったなあ。

①②写真屋を探している。

③④警官が近くの写真屋を探してくれたが、やっていない。

MKビルを探していたのは、その中の写真屋に行きたかったから。

女の人はどうして困っているのですか。

1　MKビルの場所がわからないから

2　MKビルが壊されてしまったから

3　マンションが工事中だから

4　写真屋が休みだから

□ マンション
　　【mansion】公寓

□ やっぱり 果然

□ 写真屋さん 照相館

□ 証明写真 證件照

翻譯與解題

もんだい 1

もんだい 2

もんだい 3

もんだい 4

もんだい 5

第二大題。請先聽每小題的題目，再看答案卷上的選項。此時會提供一段閱讀時間。接著聽完對話，從答案卷上的選項1到4當中，選出最佳答案。

（1）

女士和警官正在談話。請問女士為什麼傷腦筋呢？

Ｆ：不好意思，打擾一下。

Ｍ：您好，怎麼了嗎？

Ｆ：請問這附近有一棟大樓叫MK大樓的嗎？

Ｍ：MK大樓嗎？從這裡差不多走五百公尺就到了，不過幾個月前已經拆除了，現在正在蓋新大廈。

Ｆ：唉，果然如此。我想去那棟大樓裡的照相館，印象中就在這附近，可是怎麼找都找不到……。不知道這附近有沒有別家照相館呢？

> ①②女士正在找照相館。

Ｍ：車站附近有哦。我打個電話問看看吧。

> ③④警官也幫忙找附近的照相館，但是沒有找到。

Ｆ：謝謝。我明天就需要證件照了，附近的照相館卻全部公休……。

Ｍ：……沒有人接聽喔，該不會這家也沒營業吧……。

> 女士找MK大樓是為了要找大樓裡的照相館。

Ｆ：唉，真傷腦筋。

Answer **4**

請問女士為什麼傷腦筋呢？

1　因為不知道MK大樓在哪裡

2　因為MK大樓被拆除了

3　因為公寓正在施工

4　因為照相館公休

2番

男の人と女の人が会社で話しています。女の人はなぜ
コーヒーを飲まないのですか。

M：ああ、ちょっと休憩しよう。コーヒーでもいれよう
　　か？

F：ありがとう。でも、私はいい。

M：へえ。珍しいね。胃の調子でも悪いの。

F：この前行った喫茶店で、すごくおいしいコーヒーを
　　飲んだの。で、コーヒー豆も買ってきたら、あまり
　　のおいしさにたくさん飲むようになって。会社にも
　　持って来ているんだけど、今日はもう3杯飲んだか ◁ 關鍵句
　　ら、さすがに*飲み過ぎかな、って。①

> ①今日は飲み過ぎ、と言っている。

M：確かに。夜、眠れなくなるよ。

F：ああ、中西君、これ飲む？

M：いや、僕は遠慮するよ。高くておいしいコーヒーの
　　味を知って、会社のが飲めなくなったら困るから。

女の人はなぜコーヒーを飲まないのですか。

1　今日はもうたくさん飲んだから

2　胃の調子が悪いから

3　最近、よく眠れないから

4　会社のコーヒーはまずいから

> 3 男の人が言っただけ。女の人は、眠れなくなるから飲まないわけではない。

□ この前 最近

□ 調子 状況

□ コーヒー豆【coffee 豆】咖啡豆

* 「さすがに」は、評価と違う面があると言いたいとき。例・いつも元気な
悟くんも、風邪をひくと、さすがにおとなしいね。

翻譯與解題

もんだい 1

もんだい ❷

もんだい 3

もんだい 4

もんだい 5

（2）

男士和女士正在公司裡談話。請問女士為什麼不喝咖啡呢？

M：呼，休息一下吧！要沖杯咖啡嗎？

F：謝謝。不過我不用了。

M：咦，妳難得不喝咖啡。是胃不舒服嗎？

F：上次去一家咖啡店喝到了非常好喝的咖啡，就在那家店買了咖啡豆，因為太好喝於是天天喝很多杯。我也把豆子帶來公司了，但今天已經喝了三杯，實在*過量了。

> ①女士説今天喝太多了。

M：的確過量了。晚上會睡不著哦！

F：大概會。中西，要喝喝看這種咖啡嗎？

M：謝謝，我心領了。要是嚐過了那種昂貴又美味的咖啡，以後公司的咖啡根本沒辦法入口，那就傷腦筋囉。

Answer 1

請問女士為什麼不喝咖啡呢？

1　因為今天已經喝太多了

2　因為胃不舒服

3　因為最近睡不好

4　因為公司的咖啡很難喝

> 選項 3 只是男士的推測。女士並不是因為會睡不著所以才不喝咖啡。

*「さすがに／就連」用在想表達 "有著和評價不同的一面" 時。例句：就連平時一向淘氣的小悟，感冒後都變得乖巧聽話了。

3番
ばん

会議室で社員が二人で話しています。女の人はどうして
かいぎしつ しゃいん ふたり はな おんな ひと
明日会社へ来ないのですか。
あしたかいしゃ こ

F：申し訳ありませんが、明日の新製品の発表、よろし
もう わけ あした しんせいひん はっぴょう
くお願いします。
ねが

M：まあ、ここまで準備ができてれば大丈夫だろう。
じゅん び だいじょう ぶ

①②近所の内科に行
くことが分かる。

F：自分で話したかったんですけど、近所の内科でおど　＜關鍵句
じ ぶん はな きんじょ ないか

かされてしまって*¹。ふだんはなんともないんです
①
が。

M：健康第一だよ。医者から言われたんだから、今は何　＜關鍵句
けんこうだいいち いしゃ い いま なに

もないにせよ*²行って来た方がいい。しっかり調べ
い き ほう しら
②
て、何でもなければすっきりするんだし。
なん

F：はい。ありがとうございます。では、よろしくお願
ねが
いします。

女の人はどうして明日会社へ来ないのですか。
おんな ひと あしたかいしゃ こ

1　明日は新製品の発表だから
あした しんせいひん はっぴょう

2　もう十分準備ができたから
じゅうぶんじゅん び

3　病気が悪くなったから
びょう き わる

4　病院で検査をしなければならないから
びょういん けん さ

□ 内科 内科
ないか

□ おどかす 威脅；嚇唬

□ なんともない 沒有影響

□ しっかり 確實

□ すっきり 爽快

*¹「おどかされてしまって」は、医者から、大変な病気かもしれないと言わ
れたと考えられる。「脅かす」は、怖がらせるという意味。

*²「〜にせよ」は、たとえ〜でも、という意味。例・事情があるにせよ、人
に迷惑をかけたなら謝るべきだ。

翻譯與解題

もんだい 1

もんだい ❷

もんだい 3

もんだい 4

もんだい 5

（3）

兩名職員正在會議室裡談話。請問女士明天為什麼不進公司呢？

Ｆ：非常抱歉，明天新產品的報告就麻煩你了。

Ｍ：還好啦，已經準備得這麼齊全了，應該沒問題吧。

Ｆ：我很想自己去報告，但是被附近的內科醫生警告了
　　*1。雖然平時沒什麼症狀。

Ｍ：健康是最要緊的。既然醫生都這樣說了，就算*2
　　現在沒事，也還是去檢查比較好。做完精密檢查，
　　如果沒問題就能放心了。

Ｆ：好的，謝謝。那萬事拜託了。

> 由①②可知女士要去附近的內科。

Answer **4**

請問女士明天為什麼不進公司呢？

1　因為明天要報告新產品

2　因為已經準備得十分充分了

3　因為病情惡化了

4　因為必須去醫院檢查

*1「おどかされてしまって／被警告了」是指醫生告訴她可能得了嚴重
　的病。「脅かす／警告」具有使人害怕的意思。

*2「～にせよ／就算～」是"即是～也"的意思。例句：就算有正當理
　由，如果造成別人的麻煩還是必須道歉。

4番
ぱん

スーパーで店長とアルバイト店員が話をしています。卵
てんちょう　　　　　　てんいん　　はなし　　　　　　　　　たまご
はなぜたくさん売れたと言っていますか。
う　　　　　い

F：卵、全部売り切れちゃいましたね。
たまご　ぜんぶ　う　き

M：ああ、追加で注文したのにね。安売りだったし、た
ついか　ちゅうもん　　　　　　やす　う
なに並べるか並べないかのうちに*売れていったよ。
なら　　　　なら　　　　　　　　　　　う

F：うちの母も、美容にいいとか、健康にいいとか、
はは　　びよう　　　　　　　けんこう
簡単でおいしいとかってことばに弱くて、特にあの ＜ 關鍵句
かんたん　　　　　　　　　　　　　　　よわ　　　とく
番組で料理の紹介すると、すぐ買ってきますから。
ばんぐみ　りょうり　しょうかい　　　　　　　か
① ②テレビ番組で料
理の紹介をしたと言っ
ている。②「こんなに
すごいとはね」は、番組
の影響で売れたと思っ
ている。　　　　　　　　　1

M：まあ、僕もニュースは毎朝チェックしているけど、＜ 關鍵句
ぼく　　　　　　　まいあさ
こんなにすごいとはね。
2

F：あの番組、見ている人が多いですから。
ばんぐみ　み　　　　ひと　おお

卵は今日、なぜたくさん売れたと言っていますか。
たまご　きょう　　　　　　　　　　う　　　い

1　安売りだっ
た
が、今日特にたくさん
売れた理由ではない。

1　安売りだったから
やす　う

2　きれいに並んでいたから
なら

3　テレビの人気番組で卵の料理を紹介したから
にんき　ばんぐみ　たまご　りょうり　しょうかい

4　健康にいいから
けんこう

□ 追加 追加
ついか

□ 安売り 特價
やすう

□ ～か～ないかのうちに
　　―～馬上就～

□ 美容 美容
びよう

□ 番組 節目
ばんぐみ

□ 毎朝 每天早上
まいあさ

*「～か～ないかのうちに」は、～が終わると同時に、という意味。例・子
供は、布団に入るか入らないかのうちに眠ってしまった。

（4）

店長和兼職人員正在超市裡談話。請問他們兩人認為蛋銷量增加的原因是什麼呢？

F：蛋全部賣光了耶！

M：唉，已經追加訂貨量了還是賣光。尤其現在是特價，才剛上架就*賣出去了。

F：我媽媽也是，聽到有美容功效啦、有益健康啦、能輕鬆料理又美味啦之類的關鍵字詞就毫無抵抗力，尤其是那個節目只要一介紹某種食材的食譜，她就馬上去買。

M：不過我也是每天早上都會收看有沒有新知快訊，真沒想到那個節目的影響力那麼大。

F：因為那個節目有很多觀眾呀。

①②對話中提到那個節目介紹了食材的食譜。②「こんなにすごいとはね／沒想到影響力這麼大」是指節目影響買氣。

Answer **3**

請問他們兩人認為蛋銷量增加的原因是什麼呢？

1　因為特價
2　因為擺得很整齊
3　因為受歡迎的電視節目介紹了蛋的料理
4　因為有益健康

選項1，雖然是特價，但這並不是今天賣出特別多蛋品的原因。

*「～か～ないかのうちに／剛～」是 "～結束的同時" 的意思。例句：孩子才剛鑽進被窩裡就睡著了。

5番
ばん

せんせい先生がはなし話をしています。らいしゅう来週のテストをう受けなければな
らないのはどんながくせい学生ですか。

F：えー、らいしゅう来週のテストは、ぜんかい前回のテストをけっせき欠席したひと人 ＜關鍵句
はもちろん、ふごうかく不合格だったひと人はぜんいん全員う受けてくださ
い。⓵また、がつ9月のしんがっき新学期からにほんご日本語3のじゅぎょう授業をう受け
るひと人は、さくぶん作文もていしゅつ提出しなければなりません。さくぶん作文は
いえ家でか書いてき来てもいいです。テストのひ日のも もの持ち物は、
えんぴつとけ消しゴムだけです。きょう今日はこれからけんしゅう研修
りょこう旅行のせつめい説明があるので、りゅうがくせい留学生はぜんいん全員き聞いてから
かえ帰ってください。

①最初にテストの話
をしている。その後は
別の課題の話に移って
いる。

- -

らいしゅう来週のテストをう受けなければならないのは、どんながくせい学生
ですか。

1　ぜんかい前回のテストをう受けていないがくせい学生と、ふごうかく不合格だっ
　がくせいた学生
2　がつ9月からにほんご日本語3のじゅぎょう授業をう受けるがくせい学生
3　さくぶん作文をていしゅつ提出していないがくせい学生
4　けんしゅうりょこう研修旅行にい行くがくせい学生

□ けっせき欠席 缺席

□ しんがっき新学期 新學期

□ も もの持ち物 隨身物品

□ けんしゅうりょこう研修旅行 進修旅行

（5）

老師正在說明。請問哪些學生必須參加下週的考試呢？

F ：嗯……，關於下週的考試關於，上次缺考的同學一定要來，還有，不及格的同學也請全部參加。另外，從九月的新學期開始，選修日語 3 課程的同學必須繳交作文。作文可以在家裡寫好帶來。考試當天只需要帶鉛筆和橡皮擦。今天接下來還有研修營的說明，請所有的留學生聽完再回去。

①説明一開始提到關於考試的注意事項。之後就轉移到別的話題了。

Answer 1

請問哪些學生必須參加下週的考試呢？

1　上次考試缺席的學生和不合格的學生

2　九月開始上日語 3 課程的學生

3　沒有繳交作文的學生

4　參加研修營的學生

□ 剣道 <ruby>剣道<rt>けんどう</rt></ruby>
□ 見学 <ruby>見学<rt>けんがく</rt></ruby> 參觀學習
□ 得る <ruby>得<rt>え</rt></ruby>る 得到
□ 社会人 <ruby>社会人<rt>しゃかいじん</rt></ruby> 社會人士
□ 一通り <ruby>一通<rt>ひととお</rt></ruby>り 粗略

6<ruby>番<rt>ばん</rt></ruby>

<ruby>男<rt>おとこ</rt></ruby>の<ruby>人<rt>ひと</rt></ruby>と<ruby>女<rt>おんな</rt></ruby>の<ruby>人<rt>ひと</rt></ruby>が<ruby>電話<rt>でんわ</rt></ruby>で<ruby>話<rt>はな</rt></ruby>しています。<ruby>女<rt>おんな</rt></ruby>の<ruby>人<rt>ひと</rt></ruby>はなぜ<ruby>剣道<rt>けんどう</rt></ruby>を<ruby>始<rt>はじ</rt></ruby>めたいのですか。

M：はい、<ruby>中川<rt>なかがわ</rt></ruby>です。

F：<ruby>私<rt>わたし</rt></ruby>、<ruby>市川<rt>いちかわ</rt></ruby>と<ruby>申<rt>もう</rt></ruby>します。あのう、ホームページで<ruby>見<rt>み</rt></ruby>たんですが、<ruby>剣道<rt>けんどう</rt></ruby>の<ruby>練習<rt>れんしゅう</rt></ruby>を<ruby>見学<rt>けんがく</rt></ruby>したいと<ruby>思<rt>おも</rt></ruby>って…。

M：そうですか。もちろん、<ruby>歓迎<rt>かんげい</rt></ruby>します。<ruby>剣道<rt>けんどう</rt></ruby>は<ruby>初<rt>はじ</rt></ruby>めてですか。

①子どものときにやっていて、剣道のよさを知っている。

F：いえ、<ruby>実<rt>じつ</rt></ruby>は<ruby>子<rt>こ</rt></ruby>どもの<ruby>時<rt>とき</rt></ruby>、<ruby>少<rt>すこ</rt></ruby>しやっていて、<ruby>体力以外<rt>たいりょくいがい</rt></ruby>に<ruby>得<rt>え</rt></ruby>るものがとても<ruby>多<rt>おお</rt></ruby>かったんです。【關鍵句】<ruby>引<rt>ひ</rt></ruby>っ<ruby>越<rt>こ</rt></ruby>したのでやめてしまったのですが[1]、<ruby>社会人<rt>しゃかいじん</rt></ruby>になっていつも

②これが剣道を始めたい理由。

<ruby>仕事<rt>しごと</rt></ruby>ばかりなので、<ruby>仕事以外<rt>しごといがい</rt></ruby>に<ruby>夢中<rt>むちゅう</rt></ruby>になれるものがほしくて。【關鍵句】[2]

M：そうですか。ルールや、<ruby>形<rt>かたち</rt></ruby>が<ruby>一通<rt>ひととお</rt></ruby>り<ruby>入<rt>はい</rt></ruby>っている*のなら、ぜひ<ruby>始<rt>はじ</rt></ruby>めた<ruby>方<rt>ほう</rt></ruby>がいいですよ。<ruby>毎週土曜日<rt>まいしゅうどようび</rt></ruby>、<ruby>場所<rt>ばしょ</rt></ruby>や<ruby>時間<rt>じかん</rt></ruby>はおわかりですね。

F：はい。よろしくお<ruby>願<rt>ねが</rt></ruby>いいたします。

<ruby>女<rt>おんな</rt></ruby>の<ruby>人<rt>ひと</rt></ruby>はなぜ<ruby>剣道<rt>けんどう</rt></ruby>を<ruby>始<rt>はじ</rt></ruby>めたいのですか。

1 得意だったとは言っていない。

1 <ruby>子<rt>こ</rt></ruby>どもの<ruby>頃得意<rt>ころとくい</rt></ruby>だったから

2 体力以外に得るものが多いと言っている。

2 <ruby>体力<rt>たいりょく</rt></ruby>がつくから

3 <ruby>仕事以外<rt>しごといがい</rt></ruby>の<ruby>楽<rt>たの</rt></ruby>しみを<ruby>作<rt>つく</rt></ruby>りたいから

4 これは、男の人が言っている理由。

4 ルールを<ruby>良<rt>よ</rt></ruby>く<ruby>知<rt>し</rt></ruby>っていて<ruby>簡単<rt>かんたん</rt></ruby>にできるから

* 「<ruby>一通<rt>ひととお</rt></ruby>り<ruby>入<rt>はい</rt></ruby>っている」とは、<ruby>大体<rt>だいたい</rt></ruby>のことが<ruby>分<rt>わ</rt></ruby>かっているという<ruby>意味<rt>いみ</rt></ruby>。

翻譯與解題

もんだい 1

もんだい 2

もんだい 3

もんだい 4

もんだい 5

（6）

男士和女士正在電話中交談。請問女士為什麼想開始練劍道？

M：您好，敝姓中川。

F：我是市川。不好意思，我看到你們的官網，想來參觀劍道練習……。

M：好的，當然歡迎！請問是第一次學劍道嗎？

F：不是，其實我小時候學過一點，不但體力變好，還有很多其他的收穫，後來因為搬家就沒繼續學了。出社會以後天天忙工作，所以想要培養工作之外的興趣。

M：這樣啊。既然規則和基本技法都有底子了*，非常建議您一定要重新開始練！每週六上課，地點和時間您都知道了吧？

F：都知道了。請多多關照了。

①因為小時候學過，所以知道劍道的好處。

②這是想開始練劍道的理由。

Answer **3**

請問女士為什麼想開始練劍道？

1　因為小時候很擅長劍道

2　因為要鍛鍊體力

3　因為想培養工作以外的興趣

4　因為知道規則了可以輕鬆上手

選項1，女士並沒有說自己很擅長劍道。

選項2，女士說她不但體力變好，還有很多其他的收穫。

選項4，這是男士提到的理由。

*「一通り入っている／有底子」是 "大致了解" 的意思。

Memo

概要理解

在聽取完整的會話段落之後，測驗是否能夠理解其內容（測驗是否能夠從整段會話中理解說話者的用意與想法）。

考前要注意的事

▶ 作答流程 & 答題技巧

| 聽取說明 | 先仔細聽取考題説明 |

↓

聽取問題與內容

測驗目標是在聽取一人（或兩人）講述的內容之後，理解談話的主題或聽出説話者的目的和主張。選項不會印在考卷上。

內容順序一般是「提問 ➡ 單人（或兩人）講述 ➡ 提問＋選項」

預估有 5 題左右

1 首先弄清是什麼內容，關於什麼。本題型章篇幅較長，內容較抽象、具邏輯性。

2 抓住要點。提問及選項都在錄音中，所以要邊聽邊在答案卷上作筆記，不需要太注意細節。通常答案不會只在一句話裡，因此必須歸納多個關鍵字和重點才能得到答案。

3 多次出現的詞彙多半是解題的關鍵。

↓

| 答題 | 再次仔細聆聽問題，選出正確答案 |

N2 聴力模擬考題　問題 3　第一回　(3-1)

問題 3 では、問題用紙に何も印刷されていません。この問題は、全体としてどんな内容かを聞く問題です。話の前に質問はありません。まず話を聞いてください。それから、質問とせんたくしを聞いて、1 から 4 の中から、最もよいものを一つ選んでください。

(3-2) **例**　【答案詳見：202 頁】　　　　　　　　　答え：① ② ③ ④

- メモ -

(3-3) **1番**　【答案詳見：096 頁】　　　　　　　　答え：① ② ③ ④

- メモ -

(3-4) **2番**　【答案詳見：098 頁】　　　　　　　　答え：① ② ③ ④

- メモ -

模擬試題

もんだい 1

もんだい 2

もんだい ❸

もんだい 4

もんだい 5

(3-5) 3番　【答案詳見：100 頁】　　　　　　　　答え： ① ② ③ ④

- メモ -

(3-6) 4番　【答案詳見：102 頁】　　　　　　　　答え： ① ② ③ ④

- メモ -

(3-7) 5番　【答案詳見：104 頁】　　　　　　　　答え： ① ② ③ ④

- メモ -

問題3では、問題用紙に何も印刷されていません。この問題は、全体としてどんな内容かを聞く問題です。話の前に質問はありません。まず話を聞いてください。それから、質問とせんたくしを聞いて、1から4の中から、最もよいものを一つ選んでください。

1番

男の人と女の人が会社の廊下で話しています。

F：ねえ、この貼り紙、見て。明日から一週間、食堂が休みだって。

M：うん。知ってるよ。あれ？知らなかった？

F：工事の事は聞いてたけど、<u>食堂もなんて、知らなかった。</u>　關鍵句

　　<u>どうしよう…。</u>
　　①

M：まあ、たまにはコンビニもいいよ。屋上でのんびり食べても楽しいんじゃない？

F：うちの社員がみんなで行けば、お弁当、すぐ売り切れちゃうよ。しょうがない。朝、ごはん炊くのは面倒だけど、お弁当作って来るしかないかな。食べに行ったりする時間なんてないから。

M：そうだな。僕はがんばっておにぎりでも作ってみようかな。

F：今までやったことないんでしょ。できる？

① 「どうしよう…」は困ったときのことば。どうしたらいいか分からない、という意味。

食堂が休みになることについて女の人はどう思っていますか。

1　怒っている

2　困っている

3　楽しいと思っている

4　よかったと思っている

□ 食堂 餐廳
□ 工事 工程
□ 屋上 屋頂上
□ 売り切れる 賣完
□ しょうがない 沒辦法
□ 炊く 煮飯
□ おにぎり 飯糰

翻譯與解題

もんだい 1

もんだい 2

もんだい ❸

もんだい 4

もんだい 5

第三大題。答案卷上沒有印任何圖片和文字，這一大題在測驗是否能聽出內容主旨。在說話之前，不會先提供每小題的題目。請先聽完對話，再聽問題和選項，從選項1到4當中，選出最佳答案。

（1）

男士和女士在公司的走廊上談話。

F：欸，你看看這張告示，上面寫員工餐廳從明天開始公休一個星期。

M：嗯，我曉得啊。咦？妳不知道嗎？

F：我聽說要施工，但不知道連員工餐廳也暫停供餐了。怎麼辦呢……。

M：沒關係啦，偶爾買些便利商店的餐點也不錯啊，在屋頂上悠閒地野餐，不是也很有趣嗎？

F：如果我們公司的員工全都去便利商店買，便當一下子就會賣光了哦！好吧，雖然早上煮飯很麻煩，也只好自己帶便當。我實在沒空去外面吃飯。

M：說的也是。那我要不要也來試一試自己做飯糰呢……？

F：你以前沒做過吧，做得來嗎？

①「どうしよう…／怎麼辦呢…」是表示困擾時用的句子。意思是不知如何是好。

- Answer　**2**

請問女士對於員工餐廳公休有什麼感覺？

1　生氣

2　困擾

3　覺得很有趣

4　覺得太好了

2番

医者がコーヒーについて話しています。

M：朝、起きてすぐ一杯のコーヒーを飲むことが習慣になっている人は多いと思います。一日のうちに、3杯までのコーヒーなら問題はないといいますが*、例えばお子さんなどには積 ＜ 關鍵句
極的に飲ませるべきではありません。大人でもたくさん飲 ＜ 關鍵句
めば、夜、眠れなくなったり、コーヒーを飲まない時に頭
痛が起きたりします。また、コーヒーを飲むことによって、
どんどんトイレに行く回数が増えるわけですから、飲まな ＜ 關鍵句
い時よりも多くの水分をとらなければならないわけです。
夏の暑いときは、私はコーヒーを飲んでいるからだいじょうぶ、なんて思わないで、コーヒーを一杯飲んだら、必ずそれと同じ量の水を飲む、と決めておいた方がいいですね。

コーヒーを飲むことによる問題をいくつもあげている。

①こどもに飲ませること。

②大人がたくさん飲む場合。

③水分をとった方がいいこと。

全体として、注意が必要だと言っている。

医者はコーヒーについてどう考えていますか。

1　コーヒーは健康にいい

2　こどもにもコーヒーを飲ませた方がいい

3　冬はコーヒーを飲まない方がいい

4　コーヒーを飲むには注意が必要だ

1　健康にいいとは言っていない。

2　こどもには飲ませるべきではないと言っている。

3　冬の（季節の）話はしていない。

□ 習慣 習慣

□ 積極的 積極的

□ 頭痛 頭痛

□ どんどん 連續不斷

□ 水分 水分

*「～問題はないといいますが、」の「が」は逆接なので、その後には、問題があるという趣旨の話が予想される。

（2）

醫生正在談論咖啡。

M：我知道有很多人習慣早晨起床後馬上來一杯咖啡。如果一天最多喝三杯，倒是沒什麼不妥*，但是不應該主動提供咖啡給小孩喝。即使是成年人，如果大量飲用咖啡，也可能引發夜間失眠、或是沒喝咖啡時就會頭痛等等症狀。此外，由於喝咖啡會增加上廁所的次數，所以必須比沒喝的時候攝取更多水分。夏天天氣炎熱時，請不要以為「我喝咖啡了所以不用喝水」，最好規定自己每喝一杯咖啡，就一定要喝下等量的水，這樣對身體才是好的。

對話中列舉了數個因為喝咖啡而產生的問題。

①給小孩喝咖啡。

②成年人大量飲用咖啡的情況。

③最好也要攝取水份。

總體來説，醫生説的是喝咖啡必須要留意的事項。

Answer 4

請問醫生對咖啡的看法如何？

1 咖啡有益健康
2 最好也讓孩子喝咖啡
3 冬天最好不要喝咖啡
4 喝咖啡必須留意某些注意事項

選項1，醫生沒有提到有益健康

選項2，醫生提到不應該主動提供給小孩喝。

選項3，醫生沒有提到關於冬天（季節）的情況。

*「～問題はないといいますが／倒是沒什麼不妥」的「が／倒是」表示逆接，所以預期後面會接表示有問題的句子。

3番

こうばん けいかん おんな ひと はな
交番で警官と女の人が話しています。

M：失くしたのはこの近くですか。

F：はい、たぶん、そうだと思います。家を出る時はつけていたのですが、電車に乗って気づいた時にはなかったので。

M：形とか、色とか、特徴を教えてください。

F：金色で、数字は 12、3、6、9 だけです。ベルトは茶色い〈關鍵句
　　　　　　　　　　　　　　　1　　　　　2
　革です。電池で動くタイプで、とても薄いです。ベルトが〈關鍵句
　　　3
　古くなって緩んでいたので、気づかないうちに落としたのかもしれません。あ、最後に見た時間は8時半でした。

M：そうですか。今のところ届いていませんが、こちらにご住所とお名前をお書きください。あと、電話番号もお願いします。

> ①の数字（12,3,6,9）、ベルト、電池から、腕時計だと推測できる。

女の人は、何をなくしましたか。

1　ネックレス

2　腕時計

3　カバン

4　スマートフォン

□ 特徴 特徴

□ 金色 金色

□ 茶色 褐色

□ 革 皮革

□ 電池 電池

□ 緩む 鬆脫

□ ネックレス【necklace】 項鍊

翻譯與解題

もんだい 1

もんだい 2

もんだい ❸

もんだい 4

もんだい 5

（3）

警官和女士正在派出所內談話。

M：是在這附近弄丟的嗎？

F：對，我想應該在這附近。出門時還戴著，上電車後等我發現時已經不見了。

M：請告訴我形狀和顏色之類的特徵。

F：那是金色的，錶盤上只有12、3、6、9這幾個數字。錶帶是褐色的皮革。它是靠電池運走的款式，非常輕薄。可能錶帶老舊所以比較鬆，一不留神就從手上滑落了。喔對，我最後一次看錶的時間是八點半。

M：這樣啊。不過現在還沒有人撿到送來。請在這裡寫下您的住址和姓名。另外，也請填寫電話號碼。

> ① 從數字（12,3,6,9）、錶帶、電池可以推測女士弄丟的是手錶。

- Answer **2**

請問女士弄丟了什麼？

1　項鍊

2　手錶

3　包包

4　智慧型手機

4番

テレビで、レポーターがこれからの天気について話しています。

F：今現在降っているのは小雨ですが、夕方から夜にかけての帰宅時間には、台風15号の影響で、大雨になることが予想されます。<u>明日の水曜日も、朝夕の、ちょうど通勤、通学</u> ◁━ 關鍵句
<u>の時間には激しい雨や雷雨となり</u>、交通に影響が出る可能
[1]
性があります。十分な雨対策をして、時間に余裕を持って出勤をしてください。<u>日中は時々日が差すところもありま</u> ◁━ 關鍵句
すが、折り畳み傘が活躍します。あさって以降、天気は徐々
[2]
に回復して青空が戻りますが、小型の台風16号も勢力を増しながら接近しており、海上では引き続き十分な警戒が必要です。

① 明日の朝と夕方は、激しい雨や雷雨になる。

② 日中時々晴れるところもあるが、傘が必要。とあり、3が正解。

明日の天気はどうなると言っていますか。

1　朝は晴れるが、夕方から夜には雨が降る

2　朝は雨が降るが、夕方は晴れる

3　ときどき晴れるが、朝と夕方から夜にかけては雨が降る

4　晴れるが、台風が近づいて風が強くなる

1、2 朝夕の通勤、通学の時間は激しい雨だと言っている。

4 は、あさって以降の予報。

- □ 小雨 小雨
- □ 雷雨 雷雨
- □ 対策 對策
- □ 徐々に 慢慢
- □ 回復 恢復
- □ 小型 小型
- □ 勢力 勢力
- □ 接近 接近
- □ 警戒 警戒

翻譯與解題

もんだい 1

もんだい 2

もんだい ❸

もんだい 4

もんだい 5

（4）

氣象播報員正在新聞節目提供氣象預報。

F：目前的雨勢不大，但是在第15號颱風的影響下，預計從傍晚到晚間的下班時段將會轉為大雨。明日週三的早晨和傍晚的上班上學時段，預計將將下起豪大雨以及雷雨，可能會對交通造成影響，請各位民眾務必備妥雨具，並且提早出門。白天偶爾會放晴與出現大太陽，不妨隨身攜帶折傘，方便使用。後天開始，天氣就會慢慢恢復晴朗，不過逐漸增強的輕颱第16號颱風正逐漸接近當中，在海上作業的船隻必須隨時留意颱風動態。

①明天的早晨和傍晚預計將下起豪大雨以及雷雨。

②白天偶爾會放晴與出現大太陽，但還是需要帶傘。因此選項3是正確答案。

Answer **3**

請問播報員播報明天的天氣如何？

1　早晨天氣晴朗，但從傍晚到晚間會降雨

2　早晨會下雨，但傍晚會放晴

3　有時候會放晴，但早晨以及從傍晚到晚上的時段會下雨

4　雖然是晴天，但因為颱風接近，風勢會逐漸增強

選項1和選項2，播報員提到早晨和傍晚的上班上學時段將會下大雨。

選項4是後天以後的預報。

5番

大学で、女の学生と男の学生が話しています。

M：発表、お疲れ様。

F：ありがと。

M：あれ、せっかく終わったのに、嬉しくないの。

F：うーん、初めての発表だったから、仕方がないとは思うんだけど。ほら、途中で資料について質問されたでしょう。

M：ああ、そうだったね。なぜ同じ調査を3回もしたのかって。

F：もちろん、たくさんのデータをとるためだったけど、それだけじゃないんだよね。

M：それはそうだけど、あまりいろいろ答えたら混乱しちゃうから、あれでよかったんじゃない。

F：ううん。ああいう質問が出ることは予想できたはずだから、始めから整理をしておけばもっといい説明ができたんじゃないかなって思って。

① 「…整理をしておけばもっといい説明ができたんじゃないか」と言っている。「もっと…しておけばよかった（のに、私はしなかった）」というのは、後悔したり、反省したりしているときの言い方。

關鍵句

女の学生は今、どんな気持ちですか。

1　反省している
2　怒っている
3　迷っている
4　満足している

□ 発表 公布

□ 混乱 混亂

□ 予想 預料

（5）

女學生和男學生正在大學裡談話。

M：剛才的報告辛苦妳了。

F：謝謝。

M：咦，好不容易結束了，怎麼看起來悶悶不樂的樣子？

F：嗯……第一次上台報告，畢竟沒辦法準備得那麼完美。剛剛我報告到一半，不是被問到資料的相關問題嗎？

M：哦，對啊。妳被問到為什麼做了三次相同的調查。

F：會這樣做的原因當然是為了蒐集大量數據，可是那並不是唯一的理由呀。

M：話是這麼說沒錯，但是說明太複雜會讓人聽得一頭霧水，所以只回答那個原因不就可以了嗎？

F：不是那樣的。我應該事先想到會有人提出這個問題才對。所以如果我從一開始就先準備好題庫和答案，報告時就能夠回答得更完整了。

①女學生提到「…整理をしておけばもっといい説明ができたんじゃないか／如果我從一開始先準備好題庫和答案，報告時就能夠回答得更完整了」。「もっと…しておけばよかった（のに、私はしなかった）／如果事先做…就好了（明明可以做，我卻沒有做）」是用於表達後悔、反省的説法。

Answer 1

女學生現在是什麼樣的心情？

1 正在反省

2 正在生氣

3 正在猶豫

4 正感到滿足

N2 聴力模擬考題　問題3　第二回

(3-8)

問題3では、問題用紙に何も印刷されていません。この問題は、全体としてどんな内容かを聞く問題です。話の前に質問はありません。まず話を聞いてください。それから、質問とせんたくしを聞いて、1から4の中から、最もよいものを一つ選んでください。

(3-9) **例**　　【答案詳見：202頁】　　　　　　　　　　答え： ① ② ③ ④

- メモ -

(3-10) **1番**　　【答案詳見：108頁】　　　　　　　　答え： ① ② ③ ④

- メモ -

(3-11) **2番**　　【答案詳見：110頁】　　　　　　　　答え： ① ② ③ ④

- メモ -

模擬試題

もんだい 1

もんだい 2

もんだい ❸

もんだい 4

もんだい 5

(3-12) **3番** 【答案詳見：112頁】　　　答え：① ② ③ ④

- メモ -

(3-13) **4番** 【答案詳見：114頁】　　　答え：① ② ③ ④

- メモ -

(3-14) **5番** 【答案詳見：116頁】　　　答え：① ② ③ ④

- メモ -

問題3では、問題用紙に何も印刷されていません。この問題は、全体としてどんな内容かを聞く問題です。話の前に質問はありません。まず話を聞いてください。それから、質問とせんたくしを聞いて、1から4の中から、最もよいものを一つ選んでください。

1番

コンサートが終わった後、男の人と女の人が演奏について話しています。

F：楽しかったね。今日は誘ってくれてありがとう。

M：気に入ってよかったよ。あんまり趣味じゃないかもって田中さんから聞いてたから心配だったんだ。

F：ああ、この前田中さんと行った時は知らない曲だったものだから、なんか退屈で。

M：まあ、今日のは有名な曲ばかりで、最近の映画に使われた①のもあったね。 〈關鍵句

F：うん。マンガが映画になったんだよね。音楽大学のピアノ科の学生が、オーストリアに留学する…。② 〈關鍵句

M：そうそう。でも、今日はバイオリンが上手だったな。③ 〈關鍵句

F：私は、楽器はよくわからないけど、感動した。

①からは映画音楽ではないことが分かる。

②「音楽大学のピアノ科」からもクラシックが考えられる。

③「バイオリンが上手だった」ということばから、クラシックが選べる。

二人が聞いたのはどんな音楽のコンサートですか。

1　クラシック

2　日本の古い民謡*

3　映画音楽

4　ロック

□ 有名 有名

□ ピアノ【piano】鋼琴

□ オーストリア【Austria】奥地利

□ バイオリン【violin】小提琴

□ クラシック【classic】古典樂

□ 民謡 民謡

□ ロック【rock】搖滾樂

* 「民謡」は、その民族の生活の中に伝わる音楽のこと。

翻譯與解題

もんだい 1

もんだい 2

もんだい ❸

もんだい 4

もんだい 5

第三大題。答案卷上沒有印任何圖片和文字,這一大題在測驗是否能聽出內容主旨。在說話之前,不會先提供每小題的題目。請先聽完對話,再聽問題和選項,從選項1到4當中,選出最佳答案。

(1)

音樂演奏會結束後,男士和女士正在談論這場演奏。

F:今天的曲目太好聽了!謝謝你今天邀請我。

M:妳喜歡聽真是太好了。田中小姐說妳可能沒什麼興趣,所以一直很擔心。

F:哦,那是因為上次和田中小姐一起去的時候,那些曲目都沒聽過,覺得有點無聊。

M:這樣啊。今天演奏的全是知名的曲子,就連最近的電影配樂也有呢!

> 從①可知不是電影配樂。

F:對,那是漫畫改編的電影吧。故事是有個音樂大學鋼琴系的學生去奧地利留學……。

> ②從「音楽大学のピアノ科／音樂大學鋼琴系」可以推測出兩人聽的是古典樂。

M:對對對!還有,今天的小提琴拉得真好啊。

F:我不太懂樂器,但是一樣很感動。

> ③從「バイオリンが上手だった／小提琴拉得真好」這句話可知正確答案是古典樂。

Answer **1**

他們兩人去聽的是哪一種音樂類型的演奏會?

1 古典樂

2 日本古老民謠*

3 電影配樂

4 搖滾樂

---

* 「民謠／民謠」是指在某個民族的生活中被廣泛傳唱的音樂。

2番 (ばん)

鉄道(てつどう)の魅力(みりょく)について、作家(さっか)が話(はなし)をしています。

M：私(わたし)はまだまだオタク*、と言(い)われるほどではないんですが、ここ数年(すうねん)、よく鉄道(てつどう)を使(つか)って旅行(りょこう)をしています。地理(ちり)を学(まな)ぶことができますし、列車(れっしゃ)が走(はし)っている音(おと)を聞(き)きながらうとうとすると幸(しあわ)せな気持(きも)ちになるんです。人気(にんき)のある寝台(しんだい)特急(とっきゅう)は切符(きっぷ)がとりにくいですが、すばらしい景色(けしき)と食堂車(しょくどうしゃ)や、バーが楽(たの)しめます。私(わたし)の一番(いちばん)の楽(たの)しみは、他(ほか)のお客(きゃく)さんとのコミュニケーションです。[1] もちろん、一人(ひとり)でゆっくり誰(だれ)にも邪魔(じゃま)をされたくないという人(ひと)には個室(こしつ)がある列車(れっしゃ)も走(はし)っていますが、私(わたし)は列車(れっしゃ)で出会(であ)う人(ひと)を観察(かんさつ)するのも楽(たの)しいと思(おも)うんです。初(はじ)めて会(あ)った人(ひと)の印象(いんしょう)が、ある出来事(できごと)を通(とお)して列車(れっしゃ)に乗(の)っている間(あいだ)に変(か)わって行(い)く様子(ようす)を書(か)いたのが、先日(せんじつ)発表(はっぴょう)した小説(しょうせつ)です。今(いま)、長距離(ちょうきょり)列車(れっしゃ)が次々(つぎつぎ)に消(き)えていますから、いつか寝台車(しんだいしゃ)で旅(たび)を、と思(おも)うなら早(はや)めに経験(けいけん)した方(ほう)がいいですよ。

①で、「私の一番の楽しみは」と言っているので、この続きを注意して聞く。その後にも、列車で出会う人の話をしている。

關鍵句

この作家(さっか)にとって、鉄道(てつどう)の旅(たび)の一番(いちばん)の楽(たの)しみは何(なん)ですか。

1　居眠(いねむ)りをすること
2　豪華(ごうか)な食堂車(しょくどうしゃ)で食事(しょくじ)をすること
3　他(ほか)の乗客(じょうきゃく)とのコミュニケーション
4　誰(だれ)にも邪魔(じゃま)をされないこと

□ 鉄道(てつどう) 鐵道
□ 魅力(みりょく) 魅力
□ うとうと 打瞌睡
□ 寝台特急(しんだいとっきゅう) 臥鋪特快車
□ 食堂車(しょくどうしゃ) 餐車
□ バー【bar】 酒吧
□ 個室(こしつ) 單人房間
□ 次々(つぎつぎ)に 一個接一個，連續
□ 居眠(いねむ)り 打瞌睡

*ある分野(ぶんや)に特別(とくべつ)に関心(かんしん)がある人(ひと)を「オタク」と呼(よ)ぶ。ここでは鉄道(てつどう)オタクのことを言(い)っている。

翻譯與解題

もんだい 1

もんだい 2

もんだい ❸

もんだい 4

もんだい 5

（2）

作家正在談論的話題是鐵道的魅力。

M：我還不到能被稱作狂熱鐵道迷＊的程度，但最近幾年經常搭火車去旅行。這種旅遊方式既可以學習地理知識，還能有一邊聽著火車行駛在軌道上發出的聲音、一邊打瞌睡的幸福感。炙手可熱的臥鋪特快車雖然票很難訂，但可以享受到絕美的風景和餐車及酒吧。我在火車上最喜歡的，就是和其他乘客的交流了。當然，對於想要一個人度過悠閒的時光、不被別人打擾的人，可以選擇有單人包廂的火車；不過，我覺得觀察在火車上遇到的人也很有意思。例如在乘坐火車的這段時間，由於發生了某件事情，使得自己對某個陌生人的第一印象慢慢出現了變化。我不久前出版的小説，就是描寫這樣的故事。長途火車目前正逐漸消失，我建議有計畫要來一趟臥鋪火車之旅的朋友，請盡快把握機會喔。

①因為作家提到了「私の一番の楽しみは／我最喜歡的」，所以要注意聽接下來的部分。作家接著說最喜歡的是和在火車上遇到的其他乘客交流。

- Answer 3

對這位作家來説，鐵道旅遊最有趣的是什麼？

1　打瞌睡

2　在豪華的餐車裡吃飯

3　和其他乘客交流

4　不被任何人打擾

＊對某個領域特別感興趣的人稱作「オタク／御宅、迷」。這裡指的是鐵道迷。

3番

デパートで女の人が店員と話をしています。

M：プレゼントをお探しですか。

F：ええ、結婚のお祝いを。長く使えて…<u>われもの*ではなくて。</u>〔1〕予算は3万円ぐらいなんですけど。　←**關鍵句**

M：こちらの鍋やフライパンは、セットになっているもので、なかなか人気がありますよ。

F：もともと料理が好きな人なので、そういうのは一通りあると思うんです。

M：そうですか。では、こちらのコーヒーメーカーはいかがでしょう。お好きな濃さに調整できて、一度に2杯いれられます。

F：そうねえ、コーヒーが好きならうれしいと思うけど、彼女は紅茶好きなんです。

M：でしたら…こちら、紅茶ポットとカップなんですが…。今、人気のブランドの新製品で、お値段もほぼご予算通りかと。

F：ああ、素敵ですね。彼女の趣味にぴったり。<u>でも…やっぱり…瀬戸物は…。</u>〔2〕もう少し考えてみます。　←**關鍵句**

①で「われものではなくて」。

□ われもの 易碎品

□ フライパン【frypan】平底鍋

□ なかなか 相當

□ もともと 原本

□ 一通り 一套

□ コーヒーメーカー【coffee maker】咖啡機

□ ポット【pot】壺

□ ブランド【brand】品牌

□ 瀬戸物 陶瓷

②で「でも、やっぱり、瀬戸物は…」と言っている。これが聞き取れれば1を選べる。

女の人は、なぜ店員が勧めた紅茶のポットとカップを買いませんでしたか。

1　ポットもカップもわれるものだから

2　贈る相手が持っているかもしれないから

3　贈る相手がコーヒー好きではないから

4　贈る相手の好きではないデザインだから

2　持っているかもしれないと言ったのは鍋やフライパン。

3　相手は紅茶好きで、問題ない。

4　「彼女の趣味にぴったり」と言っている。

* 「割れ物」はガラスや瀬戸物などの、割れる物のことで、結婚のお祝いには、よくないとして避けることがある。

翻譯與解題

もんだい 1

もんだい 2

もんだい ❸

もんだい 4

もんだい 5

（3）

百貨公司裡，女士和店員正在交談。

M：請問是要送禮嗎？

F：對，我在找結婚禮物。我希望是能用很久的東西……不要易碎品＊。預算在三萬元左右。

M：這只鍋子和平底鍋是套組，很多人買哦！

F：新娘很喜歡下廚，這種東西她應該已經有一組了。

M：這樣啊。那麼，這台咖啡機呢？可以調整自己喜歡的濃度，還可以一次煮兩杯。

F：好像不錯……。如果是喜歡咖啡的人收到這台一定很開心，可是她喜歡喝紅茶。

M：這樣的話……，這一套紅茶杯壺組……。這是目前暢銷品牌的最新款，價格也和您的預算差不多。

F：啊，好漂亮！花色也剛好是她喜歡的！可是……陶瓷品……似乎不太……。我再考慮一下。

> ①女士提到「われものではなくて／不要易碎品」。

> ②女士提到「でも、やっぱり、瀬戸物は…／可是……陶瓷品……似乎不太…」，如果聽懂這句話，就能知道答案是選項1。

- Answer 1

請問女士為什麼沒有購買店員推薦的紅茶杯壺組呢？

1 因為茶壺和茶杯都是易碎品

2 因為送禮的對象應該已經有了

3 因為送禮的對象不喜歡喝咖啡

4 因為不是送禮的對象喜歡的設計

> 選項 2，應該已經有了的是鍋子和平底鍋。

> 選項 3 不正確，因為新娘喜歡喝紅茶。

> 選項 4，女士説「彼女の趣味にぴったり／花色也剛好是她喜歡的」。

＊「割れ物／易碎品」是指玻璃或陶瓷等容易破碎的物品。用來當作結婚的賀禮不太吉利，所以應避免。

4番
<ruby>番<rt>ばん</rt></ruby>

ラジオで<ruby>心理<rt>しんり</rt></ruby>カウンセラーが<ruby>夢<rt>ゆめ</rt></ruby>について<ruby>話<rt>はな</rt></ruby>しています。

F：いやな<ruby>夢<rt>ゆめ</rt></ruby>を<ruby>見<rt>み</rt></ruby>たときはとても<ruby>気<rt>き</rt></ruby>になりますね。<ruby>例<rt>たと</rt></ruby>えば<ruby>大事<rt>だいじ</rt></ruby>な<ruby>人<rt>ひと</rt></ruby>を<ruby>失<rt>な</rt></ruby>くしたり、<ruby>誰<rt>だれ</rt></ruby>かと<ruby>別<rt>わか</rt></ruby>れたりする<ruby>夢<rt>ゆめ</rt></ruby>です。<ruby>一<rt>ひと</rt></ruby>つには、<ruby>疲<rt>つか</rt></ruby>れているといやな<ruby>夢<rt>ゆめ</rt></ruby>を<ruby>見<rt>み</rt></ruby>やすくなるということもあるんですが、<ruby>実<rt>じつ</rt></ruby>はこれ、<ruby>自分<rt>じぶん</rt></ruby>の<ruby>心<rt>こころ</rt></ruby>が、<ruby>運動<rt>うんどう</rt></ruby>のようなことをして、<ruby>心<rt>こころ</rt></ruby>を<ruby>鍛<rt>きた</rt></ruby>えているんです。[1] <ruby>例<rt>たと</rt></ruby>えば、いつかは<ruby>大好<rt>だいす</rt></ruby>きな、<ruby>大事<rt>だいじ</rt></ruby>な<ruby>誰<rt>だれ</rt></ruby>かとわかれなければならないということは、<ruby>誰<rt>だれ</rt></ruby>もみんな<ruby>同<rt>おな</rt></ruby>じです。その<ruby>時<rt>とき</rt></ruby>を<ruby>恐<rt>おそ</rt></ruby>れるとともに*、その<ruby>時<rt>とき</rt></ruby>のために<ruby>心<rt>こころ</rt></ruby>の<ruby>準備<rt>じゅんび</rt></ruby>をしなければならないという<ruby>気持<rt>きも</rt></ruby>ちがあって<ruby>夢<rt>ゆめ</rt></ruby>の<ruby>中<rt>なか</rt></ruby>でその<ruby>体験<rt>たいけん</rt></ruby>をしておくのです。[2] ですから、<ruby>嫌<rt>いや</rt></ruby>なことに<ruby>備<rt>そな</rt></ruby>えて<ruby>準備<rt>じゅんび</rt></ruby>が<ruby>整<rt>ととの</rt></ruby>うまで、<ruby>繰<rt>く</rt></ruby>り<ruby>返<rt>かえ</rt></ruby>し<ruby>同<rt>おな</rt></ruby>じ<ruby>夢<rt>ゆめ</rt></ruby>を<ruby>見<rt>み</rt></ruby>ることもあります。[3] それが<ruby>実現<rt>じつげん</rt></ruby>するかどうかと<ruby>夢<rt>ゆめ</rt></ruby>の<ruby>内容<rt>ないよう</rt></ruby>は、まったく<ruby>関係<rt>かんけい</rt></ruby>がないと<ruby>言<rt>い</rt></ruby>っていいでしょう。

> ①「実は」は、これから大切なことを言うという意味なので、その後のことばを注意して聞く。

> ②③は①と同じことを繰り返し述べている。

　關鍵句
　關鍵句
　關鍵句

<ruby>心理<rt>しんり</rt></ruby>カウンセラーは、<ruby>嫌<rt>いや</rt></ruby>な<ruby>夢<rt>ゆめ</rt></ruby>を<ruby>見<rt>み</rt></ruby>るのはなぜだと<ruby>言<rt>い</rt></ruby>っていますか。

1　<ruby>本当<rt>ほんとう</rt></ruby>はそうなってほしいと<ruby>願<rt>ねが</rt></ruby>っているから
2　<ruby>嫌<rt>いや</rt></ruby>なことに<ruby>備<rt>そな</rt></ruby>えて<ruby>心<rt>こころ</rt></ruby>を<ruby>鍛<rt>きた</rt></ruby>えているから
3　<ruby>誰<rt>だれ</rt></ruby>かが<ruby>嫌<rt>きら</rt></ruby>いだという<ruby>気持<rt>きも</rt></ruby>ちがあるから
4　<ruby>大事<rt>だいじ</rt></ruby>な<ruby>人<rt>ひと</rt></ruby>と<ruby>別<rt>わか</rt></ruby>れたから

□　カウンセラー【counselor】
　　諮詢師
□　<ruby>鍛<rt>きた</rt></ruby>える　磨練
□　<ruby>体験<rt>たいけん</rt></ruby>　體驗
□　<ruby>備<rt>そな</rt></ruby>える　準備
□　<ruby>整<rt>ととの</rt></ruby>う　完整
□　<ruby>繰<rt>く</rt></ruby>り<ruby>返<rt>かえ</rt></ruby>す　重複

*この「～とともに」は、～と同時に、という意味。

翻譯與解題

もんだい 1

もんだい 2

もんだい ❸

もんだい 4

もんだい 5

（4）

心理諮商師正在廣播節目中談論夢境。

F：大家在夢到不祥的情景之後，心裡都會不舒
服吧。像是失去重要的人，或是和某人離別之
類的夢境。做這種夢的原因之一是太疲憊，這
時候就容易做惡夢。然而，做惡夢其實是自己
的心在做運動，藉此鍛鍊自己的心智。舉例來
説，在某一天必須和自己喜歡的人、或是重要
的人離別的情況，每一個人都會遇到。在害怕
的同時*，也必須為那個時候的到來做心理建
設，而夢境，即是讓我們預先經歷過這些過
程。因此，在準備好面對這些可怕的事情之
前，會一直重複做相同的夢。至於夢境是否會
成真，與夢境的內容可以説是一點關係也沒
有。

> ①「実は／其實」含有
> "接下來要説重要的事"的
> 意思，所以聽到「実は／其
> 實」後要注意聽後面的句
> 子。

> ②③是重複説明①這件
> 事。

Answer **2**

心理諮詢師認為做惡夢的理由是什麼呢？

1　因為渴望心願成真

2　因為要預先鍛鍊心智，準備好面對討厭的
事

3　因為心裡討厭某人

4　因為和重要的人離別了

*這裡的「～とともに」是"和～同時"的意思。

5番

大学で男子学生と女子学生が話をしています。

M：あれ、今日は早いね。

F：うん。まだ宿題が終わってなかったから図書館でやってたの。やっと完成したよ。

M：あれ、この前出したんじゃなかったっけ。

F：もう少し調べたくて古い雑誌を読んでいたら、かえってわからないことが出てきて。

M：ああ、そう。大変だったね。

F：大変ていうか、意外なことがわかってきて、じっくり調べて良かったよ。内田君はもう出したの。

M：さっさと出したよ。3枚ぐらいかな。

> ①「3枚で終わり？」と驚いているので、3枚では少ないと思っていることが分かる。

F：ええっ、3枚で終わり？ろくに調べてない*んでしょ。まあ①出さないよりはいいと思うけど。　→關鍵句

M：う、うん。

女子学生は、どんな気持ちですか。

> 2 男子学生は「さっさと出した」と言っているが、女子学生が驚いているのは、そこではない。

1　男子学生は宿題を出すのが遅いと思っている
2　男子学生は宿題を出すのが早いと思っている
3　男子学生はレポートを書くのが上手いと思っている
4　男子学生のレポートは短いと思っている

□ かえって 反倒

□ さっさと 迅速地

□ ろくに 很好的

*「ろくに〜ない」は「十分に〜ない」「ほとんど〜ない」という意味。例・彼はろくに仕事もしないで、しゃべってばかりいる。

翻譯與解題

もんだい 1

もんだい 2

もんだい ❸

もんだい 4

もんだい 5

（5）

男同學和女同學正在大學校園裡談話。

M：咦，今天這麼早來？

F ：嗯，因為作業還沒做完，所以去圖書館做。終於完成了。

M：咦，妳不是之前就交了嗎？

F ：我想再多查一些資料，去翻閱了舊雜誌，結果反而發現了新的問題。

M：哦，這樣啊。好辛苦喔。

F ：辛苦倒還好，重要的是，能夠找到額外的問題並且仔細調查真是太好了。內田，你作業也交了嗎？

M：早就交囉！大概三頁左右吧。

F ：什麼？只寫三頁就結束了？你沒有好好*查資料吧？唉，有交總比沒交好。

M：呃……是啦。

①因為「3枚で終わり？／三頁就結束了？」表示驚訝，由此可知女學生認為三頁太少了。

--- Answer 4

請問女同學有什麼想法呢？

1　覺得男同學太晚交作業了

2　覺得男同學太早交作業了

3　覺得男同學很會寫報告

4　覺得男同學的報告寫得太短了

選項2，雖然男學生提到「さっさと出した／早就交了」，但令女學生感到驚訝的並不是這個原因。

* 「ろくに～ない／沒有好好～」是「十分に～ない／沒有充分的～」、「ほとんど～ない／幾乎無法～」的意思。例句：他也不肯好好工作，只顧著說話。

N2 聴力模擬考題　問題3　第三回　（3-15）

問題3では、問題用紙に何も印刷されていません。この問題は、全体としてどんな内容かを聞く問題です。話の前に質問はありません。まず話を聞いてください。それから、質問とせんたくしを聞いて、1から4の中から、最もよいものを一つ選んでください。

（3-16）例　【答案詳見：202頁】　　　　　　　　　　答え：① ② ③ ④

- メモ -

（3-17）1番　【答案詳見：120頁】　　　　　　　　　　答え：① ② ③ ④

- メモ -

（3-18）2番　【答案詳見：122頁】　　　　　　　　　　答え：① ② ③ ④

- メモ -

模擬試題

もんだい 1

もんだい 2

もんだい ❸

もんだい 4

もんだい 5

(3-19) **3番** 【答案詳見：124 頁】　　　答え： ① ② ③ ④

- メモ -

(3-20) **4番** 【答案詳見：126 頁】　　　答え： ① ② ③ ④

- メモ -

(3-21) **5番** 【答案詳見：128 頁】　　　答え： ① ② ③ ④

- メモ -

問題3では、問題用紙に何も印刷されていません。この問題は、全体としてどんな内容か
を聞く問題です。話の前に質問はありません。まず話を聞いてください。それから、質問と
せんたくしを聞いて、1から4の中から、最もよいものを一つ選んでください。

1番

テレビでアナウンサーが話しています。

F：最近増えているのは、携帯電話で留守かどうかを確認した ＜関鍵句
あとで、実際に家のベルを鳴らしてみて、いなければ中に
　　①　　　　　　　　　　　　　　　　　　　　　　　　　　　　　
入って盗むという方法だそうです。また、実際に通帳を盗 ＜関鍵句
むのではなく、カメラで通帳の番号やはんこを撮影して出
て行って、そのデータを使ってはんこを作り、銀行で引き
　　　　　②
出す、といった事件もありました。生活に便利ないろいろ
な道具は、こんな時にも使われてしまうわけです。昔なら ＜関鍵句
考えられなかったようなことですね。
　　　　③

> ①②は最近のど
> ろぼうの具体的な方
> 法。③の「こと」は
> 「方法」を言い換え
> たもの。

何についての話ですか。

> 1の「手段」は、方法とい
> う意味。

1　どろぼうの手段が変わったこと

2　携帯電話の技術が進んだこと

> 2の結果、1のような状況
> になった、と言っている。

3　日本の家の形が変わったこと

4　ハンコが使われなくなったこと

□ ベル【bell】 電鈴

□ 鳴らす 響

□ 盗む 偷盗

□ 通帳 存摺

□ はんこ 印鑑

□ 引き出す 提取

□ 道具 工具

翻譯與解題

もんだい 1

もんだい 2

もんだい ❸

もんだい 4

もんだい 5

第三大題。答案卷上沒有印任何圖片和文字，這一大題在測驗是否能聽出內容主旨。在說話之前，不會先提供每小題的題目。請先聽完對話，再聽問題和選項，從選項 1 到 4 當中，選出最佳答案。

（1）

播報員正在電視節目中報導。

F：最近頻頻傳出這樣的做案手法。竊賊先以手機確認有沒有人在家，然後親自去按該戶的門鈴，如果無人應答就進去偷竊。另外，還有用這種手法盜領存款。竊賊沒有偷走存摺，而是用相機拍下存摺帳號和印章，然後根據相片重刻一顆新印章，再到銀行盜領存款。原本是讓生活便捷的各種工具，竟然遭到如此濫用，實在是始料未及。

①②是近來竊盜具體的做案作法。③的「こと」是「方法」的另一種表現方式。

Answer 1

請問這段話談論的內容是什麼？

1　竊盜的手法改變了

2　手機的技術進步了

3　日本屋宅的樣式改變了

4　變得無法使用印章了

選項 1 的「手段／手法」是方法的意思。

選項 2，報導中提到由於手機技術的進步，因而造成竊盜手法的改變。

2番
<ruby>ばん</ruby>

<ruby>学校<rt>がっこう</rt></ruby>で、<ruby>先生<rt>せんせい</rt></ruby>が<ruby>話<rt>はな</rt></ruby>しています。

M：<ruby>以前<rt>いぜん</rt></ruby>は、<ruby>台風<rt>たいふう</rt></ruby>や<ruby>大雪<rt>おおゆき</rt></ruby>などの<ruby>時<rt>とき</rt></ruby>に<ruby>学校<rt>がっこう</rt></ruby>が<ruby>休<rt>やす</rt></ruby>みになると<ruby>言<rt>い</rt></ruby>う<ruby>情<rt>じょう</rt></ruby><ruby>報<rt>ほう</rt></ruby>は、<ruby>各<rt>かく</rt></ruby>ご<ruby>家庭<rt>かてい</rt></ruby>にある<ruby>電話<rt>でんわ</rt></ruby>に<ruby>届<rt>とど</rt></ruby>いていたと<ruby>思<rt>おも</rt></ruby>いますが、<ruby>今<rt>いま</rt></ruby>は<ruby>学校<rt>がっこう</rt></ruby>からのメールや、<ruby>学校<rt>がっこう</rt></ruby>のホームページでお<ruby>伝<rt>つた</rt></ruby>えしています。<ruby>朝<rt>あさ</rt></ruby>は<ruby>忙<rt>いそが</rt></ruby>しくてインターネットやメールをチェックする<ruby>暇<rt>ひま</rt></ruby>がない、というご<ruby>意見<rt>いけん</rt></ruby>もありますが、それで、<ruby>何人<rt>なんにん</rt></ruby>かのお<ruby>子<rt>こ</rt></ruby>さんは、<ruby>大雪<rt>おおゆき</rt></ruby>の<ruby>中<rt>なか</rt></ruby>を<ruby>一生懸命<rt>いっしょうけんめい</rt></ruby><ruby>登校<rt>とうこう</rt></ruby>して、なんだ*、<ruby>今日<rt>きょう</rt></ruby>は<ruby>休<rt>やす</rt></ruby>みだったのか、ということもありました。<ruby>天気<rt>てんき</rt></ruby>など、いつもと<ruby>違<rt>ちが</rt></ruby>う<ruby>状況<rt>じょうきょう</rt></ruby>の<ruby>時<rt>とき</rt></ruby>は、<ruby>学校<rt>がっこう</rt></ruby>に<ruby>電話<rt>でんわ</rt></ruby>をしていただいても<ruby>構<rt>かま</rt></ruby>わないですし、<u>お<ruby>子<rt>こ</rt></ruby>さんの<ruby>安全<rt>あんぜん</rt></ruby>のためにも、<ruby>学校<rt>がっこう</rt></ruby>のホームページをご<ruby>確認<rt>かくにん</rt></ruby>ください。</u>　│1│　よろしくお<ruby>願<rt>ねが</rt></ruby>いします。　◁關鍵句

①から生徒の親に話していると分かる。①以前でも、「各ご家庭」「お子さん」などのことばから、生徒の親であることが推測できる。

この<ruby>先生<rt>せんせい</rt></ruby>はどんな<ruby>人<rt>ひと</rt></ruby>たちに<ruby>向<rt>む</rt></ruby>かって<ruby>話<rt>はな</rt></ruby>していますか

1　<ruby>学校<rt>がっこう</rt></ruby>の<ruby>近所<rt>きんじょ</rt></ruby>の<ruby>人<rt>ひと</rt></ruby>
2　<ruby>先生<rt>せんせい</rt></ruby>
3　<ruby>生徒<rt>せいと</rt></ruby>の<ruby>親<rt>おや</rt></ruby>
4　<ruby>生徒<rt>せいと</rt></ruby>

□ <ruby>大雪<rt>おおゆき</rt></ruby> 大雪

□ <ruby>意見<rt>いけん</rt></ruby> 意見

□ <ruby>一生懸命<rt>いっしょうけんめい</rt></ruby> 努力的

□ <ruby>登校<rt>とうこう</rt></ruby> 到校；上學

□ <ruby>構<rt>かま</rt></ruby>わない 沒關係

□ <ruby>安全<rt>あんぜん</rt></ruby> 安全

*「なんだ」は、<ruby>思<rt>おも</rt></ruby>っていたことと<ruby>違<rt>ちが</rt></ruby>って、がっかりしたり、ほっとしたりしたときのことば。<ruby>例<rt>れい</rt></ruby>・<ruby>寝坊<rt>ねぼう</rt></ruby>した、と<ruby>思<rt>おも</rt></ruby>ったら、なんだ、まだ6<ruby>時<rt>じ</rt></ruby>か。1<ruby>時間<rt>じかん</rt></ruby><ruby>間違<rt>まちが</rt></ruby>えていたよ。

（2）

老師正在學校裡宣布事項。

M：以前如果由於颱風或是大雪而停止上課時，是透過打電話到每一個學生的家裡通知停課公告的。現在學校則是透過發送簡訊，或是在學校的網頁上張貼公告的方式來通知。但是有些家長反映，早上太匆忙而沒空看網頁和收郵件，因而曾經發生過幾名學童冒著大風雪拚了命來上學，到學校後才發現原來*當天停課的事例。往後天氣狀況出現異常時，各位可以打電話到學校詢問。為了貴子弟的安全，也請抽空上學校的網頁看公告。麻煩各位了。

> 從①可知老師正在和家長說明。從①前面的「各ご家庭／每一個學生的家裡」、「お子さん／貴子弟」等詞語可以推測出談話對象是學生的家長。

Answer **3**

請問這位老師正在對誰說話？

1　學校附近的居民

2　老師

3　學生家長

4　學生

* 「なんだ／什麼嘛」是表達"和預料的不同、失望、放心"的詞語。例句：正想著自己睡過頭了，結果發現原來才六點啊。我看錯時間，提早一小時了啦。

3番

テレビで、俳優が話しています。

M：私は、財布を持たないんです。持たなければ、カバンの中 ＜関鍵句
からいちいち取り出したり、財布の中のお金を探したりし
ないで済むから、さっと*買い物が済みます。それに、いつ ＜関鍵句
のまにか無駄なカードも減るんです。仕事場からジュース
を買いに行く時も、必要な分だけポケットに入れて買いに
行けばいい。余計な買い物をしなくて済むんですよ。ポケッ ＜関鍵句
トはあまりたくさんいれるわけにはいかないから、なにし ＜関鍵句
ろ節約できるんです。ぜひいちどやって見てください。

> ①全体として財布を持たないことのよさを話している。

> ②③でその例をあげている。

> ④が言いたいこと。

財布についてなんと話していますか。

1　財布がないと、節約できる
2　財布があると、ゆっくり買い物ができる
3　財布がないと、カードを使う時に困る
4　財布があると、余計な買い物をしなくて済む

> 2　②は財布がないと時間がかからなくていい、と言っている。

> 3　カードが減っていいと言っている。

> 4　「財布がないと」なら正解。

□ いちいち 逐一
□ 取り出す 取出
□ 無駄 無用
□ 減る 減少
□ 仕事場 工作場所
□ ポケット【pocket】
　　口袋
□ 節約 節省

* 「さっと」は、急に、また、非常に短い時間で、という意味。

翻譯與解題

もんだい 1

もんだい 2

もんだい ❸

もんだい 4

もんだい 5

（3）

演員正在電視節目裡發表意見。

M：我沒有錢包。沒有錢包，就不必從大包包裡
拿進拿出的，也不必在錢包裡翻錢，所以買東
西能省下很多時間*。而且不知不覺間，不需
要的信用卡也會減少。要從工作地點去買果汁
時，口袋裡只放等一下要付帳的金額就好，這
樣就不會亂買其他東西了。畢竟口袋能裝的錢
不多，所以就能節制花費。請大家一定要試試
看。

①談話的整體大綱是沒有錢包的好處。

②③舉出實例。

④是演員想說的事情。

Answer 1

請問演員對錢包有什麼看法？

1 沒有錢包，就能節制花費
2 有錢包，就能悠哉地購物
3 沒有錢包，要用信用卡時就傷腦筋了
4 有錢包，就不會亂買其他東西

選項 2，②說明如果沒有錢包，買東西就能省下很多時間。

選項 3，演員提到不需要的信用卡會減少。

選項 4，如果是「財布がないと／如果沒有錢包」則為正確答案。

* 「さっと／快速的」是迅速的意思，或指非常短的時間。

4番
ばん

テレビで心理学の先生が話をしています。

F：人は、自分に似た人と友達になりやすいと言われます。た（關鍵句）
とえば新しいクラスでまず最初に友達を作るのは、自分か
らどんどん積極的に友達を作っていく性格の学生です。話
しかけたり、質問したり、行動的に自分と似ていると感じ
る相手に近づきます。おとなしい学生、無口な学生は、あ（關鍵句）
えて*自分から話しかけることは少ないのですが、先に積
極的な性格の人たちどうしが友達になるので、まだ友達の
いない、静かでおとなしい人どうしが近づきやすくなって、
友達関係ができる、ということが多いようです。

①がこの話の言いたいこと。このことについての説明が後に続く。

②の「たとえば」の文で、積極的な性格の学生の例。

③の文で、おとなしい学生の例をあげている。

積極的な学生どうしがまず友達になり、その結果おとなしい学生どうしが近づきやすくなると言っている。

新しいクラスの友達関係は、どう作られると言って
いますか

1　みんな、自分に似ている人を探して話しかけ
る

2　積極的に話しかける人が一番たくさん友達が
できる

3　おとなしい無口な学生は友達ができない

4　自分と似たような人と友達になる学生が多い

1 「おとなしい学生…は自分から話しかけることは少ない」とある。

2 「たくさん」とは言っていない。

3 「おとなしい学生どうしで、友達関係ができる」とある。

□ 心理学 心理學
しんりがく

□ 似る 像
に

□ どんどん 連續不斷

□ 積極的 積極的
せっきょくてき

□ 質問 提問
しつもん

□ 無口 沉默寡言
むくち

*「あえて」は、批判や困難があるのは分かっているが、それでも行動
する、と言いたいとき。例・君のために、あえて厳しいことを言うけ
ど、新人が遅刻なんてあり得ないよ。

心理學老師正在電視節目上發表觀點。

F：有人説人類容易和與自己相似的人成為朋友。
像是到了新班級，第一個交到朋友的就是個性
會積極去交朋友的學生。他們會透過和別人搭
話或問問題的方式，去接近感覺和自己舉止相
似的對象。性格穩重的學生和沉默寡言的學生
較少自己主動開口*，但因為個性積極的同學
們已經先湊在一起成為朋友了，於是那些還沒
有朋友的沉默而穩重的學生，也就自然而然地
聚在一起，接著就成了朋友。像這樣的情形很
常見。

①是整段話想表達的主
旨。後面的談話都在説明這
件事。

②「たとえば／像是」後舉
出了個性積極的學生的例子。

③這段話舉出穩重的學生
的例子。

心理學老師提到，由於個
性積極的學生已經先成為朋
友，因此沉默而穩重的學生
也就自然而然地聚在一起。

--- Answer **4**

請問這位老師説新班級的朋友關係是如何形成
的？

1　大家都會去尋找和自己個性相似的人並和
他們搭話
2　積極找別人搭話的人會交到最多朋友
3　穩重沉默的學生交不到朋友
4　很多學生都和與自己相似的人成為朋友

選項1，談話中提到「お
となしい学生…は自分から
話しかけることは少ない／
性格穩重的學生……較少自
己主動開口」。

選項2，談話中並沒有提
到「たくさん／多」。

選項3，談話中提到「お
となしい学生どうしで、友
達関係ができる／沉默穩重
的學生就成為了朋友」。

----

* 「あえて／敢於、特地」用於想表達"就算知道會受到批評、必須面臨
困難，但還是勇於行動"時。例句：新進員工不可以遲到！我是為你好
才説這麼嚴屬的話。

翻譯與解題

もんだい 1

もんだい 2

もんだい ❸

もんだい 4

もんだい 5

◎◎○ラウンド **翻譯與解題 (5)**

3-21

5番

駅のホームで、男の人と女の人が話しています。

M：おはよう。

F：あれ、おはようございます。めずらしい。今日は電車ですか。

① 最初に理由を話している。

M：うん。帰る時間、雨が降りそうだから、やむを得ず*¹、苦 ←**關鍵句**
　　手な電車に乗ることにしたんだ。

F：山崎さん、電車苦手なんですか。健康のために自転車通勤
　　をしているのだと思っていました。

M：ああ、そう見える？　疲れた時なんかは、電車で座って帰り
　　たい、と思う時もあるけど、ラッシュアワーは嫌だし、自
　　転車は電車の時間を気にしなくていいから、楽なんだよ。

F：私は、よく歩いちゃいます*²よ。今の季節は台風さえ来て
　　なければ、暑くもなく寒くもなく気持ちがいいですから。

男の人は、今日、なぜ電車に乗りますか。

1　雨が降りそうだから

2　今日はラッシュアワーがないから

3　疲れて、座りたいから

4　電車の時間がちょうどよかったから

□ やむを得ず 不得已

□ 通勤 上下班通勤

□ ラッシュアワー【rush hour】 交通的尖峰時段

*¹ 「やむを得ず」は、しかたなく、という意味。

*² 「～ちゃいます」は「～てしまいます」の話し言葉。

128

翻譯與解題

もんだい 1

もんだい 2

もんだい ❸

もんだい 4

もんだい 5

（5）

男士和女士正在車站的月台上談話。

M：早安。

F：早安。咦，真稀奇，今天搭電車嗎？

M：對。沒辦法*¹，下班的時候好像會下雨，只好
　　搭我討厭的電車了。

F：山崎先生討厭搭電車嗎？我以為您是為了健康
　　才騎腳踏車通勤的。

M：哦，看起來是那樣嗎？偶爾很累的時候也想搭
　　電車回去，但我很討厭尖峰時段在車廂裡擠得
　　像沙丁魚，而且騎腳踏車就不必急著趕上電車
　　的班次，很輕鬆。

F：我倒是常常走去上班*²喔。像現在這個季節，
　　只要沒有颱風，天氣既不會太熱也不會太冷，
　　走起來很舒服哦。

①對話一開始就說明理由了。

- Answer　1

請問男士今天為什麼搭電車呢？

1　因為好像會下雨

2　因為今天沒有尖峰時段

3　因為很累，想要坐下來

4　因為剛好趕上電車的班次

*¹「やむを得ず／沒辦法」是不得已的意思。

*²「～ちゃいます」是「～てしまいます」的口語說法。

Memo

即時応答

在聽完簡短的詢問之後，測驗是否能夠選擇適切的應答。

考前要注意的事

▶ 作答流程 & 答題技巧

聽取說明	先仔細聽取考題說明

聽取 問題與內容	這是全新的題型。測驗目標是在聽取詢問、委託等短句後，立即判斷合適的回答。選項不會印在考卷上。

預估有 12 題左右

1 提問及選項都在錄音中，而且都很簡短，因此要集中精神聽取會話中的表達方式，馬上理解是誰要做什麼事。作答要當機立斷，答後立即進入下一題。

2 掌握發音變化和語調高低是解題的關鍵。

答題	再次仔細聆聽問題，選出正確答案

N2 聴力模擬考題　問題4　第一回　(4-1)

問題4では、問題用紙に何も印刷されていません。まず文を聞いてください。それから、それに対する返事を聞いて、1から3の中から、最もよいものを一つ選んでください。

(4-2) **例**　【答案詳見：203 頁】　　　　　答え： ① ② ③ ④

- メモ -

(4-3) **1番**　【答案詳見：136 頁】　　　　　答え： ① ② ③ ④

- メモ -

(4-4) **2番**　【答案詳見：136 頁】　　　　　答え： ① ② ③ ④

- メモ -

答え： ① ② ③ ④

- メモ -

答え： ① ② ③ ④

- メモ -

答え： ① ② ③ ④

- メモ -

模擬試題

もんだい 1

もんだい 2

もんだい 3

もんだい ❹

もんだい 5

(4-8) 6番 【答案詳見：140頁】　答え：① ② ③ ④

- メモ -

(4-9) 7番 【答案詳見：140頁】　答え：① ② ③ ④

- メモ -

(4-10) 8番 【答案詳見：140頁】　答え：① ② ③ ④

- メモ -

（4-11）**9番** 【答案詳見：142頁】 　　　　　　　　　答え： ① ② ③ ④

- メモ -

（4-12）**10番** 【答案詳見：142頁】 　　　　　　　　　答え： ① ② ③ ④

- メモ -

（4-13）**11番** 【答案詳見：142頁】 　　　　　　　　　答え： ① ② ③ ④

- メモ -

_{もんだい}問題4では、問題用紙に何も印刷されていません。まず文を聞いてください。それから、それに_{たい}対する返事を聞いて、1から3の中から、最もよいものを一つ選んでください。

4-3 Answer **3**

1番

M：もっと練習すればよかったのに。

F：1　はい、ありがとうございます。

　　2　いいえ、まだまだです。

　　3　すみません。次は、がんばります。

（1）

M：要是能多加強練習就好了。

F：1　是的，謝謝。

　　2　不，我還差得遠。

　　3　對不起。下次我會努力。

□ まだまだ 還，尚

4-4 Answer **1**

2番

M：田中君、あと30分もすれば来るはずだよ。

F：1　じゃあ、どこかでコーヒーでも飲んでこようか。

　　2　それなら、呼んでみよう。

　　3　きっと、もう来たよ。

（2）

M：田中應該再三十分鐘就來了。

F：1　那麼，我們找個地方喝咖啡打發時間吧。

　　2　既然如此，不如叫他過來吧。

　　3　他一定已經到了。

□ はずだ 應該

4-5 Answer **3**

3番

M：営業部の山本さん、たしか、あと1週間で退職するんだったよね。

F：1　ええ。久しぶりです。

　　2　ええ。懐かしいですね。

　　3　ええ。寂しくなります＊ね。

（3）

M：業務部的山本先生應該再過一個禮拜就要退休了吧？

F：1　是呀，好久不見。

　　2　是呀，真懷念呢。

　　3　是呀，真捨不得他離開＊呢。

□ 退職 退休

第四大題。答案卷上沒有印任何圖片和文字。請先聽完主文，再聽回答，從選項1到3當中，選出最佳答案。

うまくできなくて、「あなたはもっと練習するべきだった」と責められている状況。

それに対して、謝っている。

1は「おめでとう」などと言われたとき。

2は「上手ですね」などと言われたとき。

這是因為自己做得不好，所以被對方責備「あなたはもっと練習するべきだった／你應該更勤奮的練習才對」的狀況。

面對對方的責備，要選擇道歉的選項。

選項1是當對方說「おめでとう／恭喜」時的回答。

選項2是當對方說「上手ですね／很厲害耶」時的回答。

田中君を待っている。あと30分もしたら来るので、その時間に、コーヒーを飲みに行こうと言っている。

2 30分後に来るので、今呼ぶのはおかしい。

3 30分後に来るので、「もう来たよ」はおかしい。

兩人正在等田中，但因為田中還要大約三十分鐘後才會到，所以兩人提議這段時間先去喝咖啡。

選項2，因為田中還要三十分鐘後才會來，所以現在叫他過來不合邏輯。

選項3，因為田中還要三十分鐘後才會來，所以說「もう来たよ／已經到了」不合邏輯。

山本さんが退職する話を二人でしている状況。

山本さんは会社にもう来なくなるのだから、「寂しくなる」が正解。

1 「山本さんと会うのは3年ぶりだね」などに対する返事。

2 「山本さんとは昔よく一緒に蕎麦屋にいったね」などに対する返事。

* 「寂しくなります」は、誰かがいなくなるときによく使われる表現。

這題的情況是兩人正在討論關於山本先生退休的事情。

因為山本先生再也不會來公司了，所以「寂しくなる／真捨不得他離開」是正確答案。

選項1是當對方說「山本さんと会うのは3年ぶりだね／我已經三年沒見過山本先生了。」時的回答。

選項2是當對方說「山本さんとは昔よく一緒に蕎麦屋にいったね／以前常經常和山本先生一起去吃蕎麥麵呢」時的回答。

* 「寂しくなります／真捨不得他離開」是當某人不會再出現時，經常使用的表達方式。

4番

M：できるだけのことはしたんですか
　　ら、だめでもしかたないですよ。

F：1　そうですね。もっと調べてお
　　　　けばよかった。

　　2　そうかな*。もっと他にできる
　　　　ことは本当になかったのかな。

　　3　そんなに準備しなかったのに、
　　　　運がいいですね。

（4）

M：我已經盡了最大的努力，這樣還是
　　不行的話也沒辦法了。

F：1　說得也是。早知道就多調查一
　　　　點了。

　　2　是嗎*？真的沒有其他遺漏的
　　　　部分嗎？

　　3　明明沒怎麼準備，運氣可真
　　　　好。

□ しかたない 沒辦法

5番

F：私がそちらへ参りましょうか

M：1　はい、お願いします。ここで
　　　　お待ちしています。

　　2　はい、行きましょう。すぐに
　　　　出ます。

　　3　はい、私も参ります。そちら
　　　　から。

（5）

F：要不要由我去那邊呢？

M：1　好，麻煩了，我在這邊等妳。

　　2　好，我們走吧。我馬上就出門。

　　3　好，我也會從那邊過去（與妳
　　　　會合）。

□ 参る 去；來

翻譯與解題

もんだい 1

もんだい 2

もんだい 3

もんだい ❹

もんだい 5

結果は悪かったが、できることは全部やったのだからしかたない、と言っている。それに対して、そうは思わない、と反対の意見を述べている。

1「もっと～ばよかった」と後悔しているので、「そうですね」ではなく「そうは思わない」という意味の返答がくる。

3「運がいい」と言っているので、これはよい結果だったときの言い方。

男士認為結果雖然不盡理想，但因為已經盡了最大的努力了，所以也沒辦法。對於這個狀況，女士的回答是不這麼認為，也就是抱持反對的意見。

選項1，因為「もっと～ばよかった／早知道更～就好了」表示後悔，所以前面不會是「そうですね／説得也是」，而應該接表示「そうは思わない／我不這麼認為」意思的回答。

選項3提到「運がいい／運氣可真好」，這是在得到好結果時的説法。

*「そうかな」は、相手に疑問をぶつけて「自分はそうは思わない」と伝えている。

*「そうかな／是嗎」用在向對方提出質疑時，表示「自分はそうは思わない／我不這麼認為」。

「私がそこへ行きましょうか」と言っている。

2「もう行きませんか」と言われたとき。

3「参ります」は「（そちらへ）行きます」の謙譲語。

女士問「私がそこへ行きましょうか／要不要由我過去那邊呢」。

選項2是當對方説「もう行きませんか／要出門了嗎」時的回答。

選項3「参ります／去」是「（そちらへ）行きます／去（你那邊）」的謙譲語。

6番

M：さっさと*帰れば間に合うのに。

F：1　本当によかった。

　　2　すぐには無理。

　　3　やっと間に合ったね。

| □ さっさと 迅速的

7番

F：田中さんは、どちらにいらっしゃいますか。

M：1　田中は、あちらの会議室におります。

　　2　田中は、あちらの会議室にいらっしゃいます。

　　3　田中は、あちらの会議室にいってらっしゃいます。

| □ おる 在；有

8番

M：こんな絵が描けるなんて、留学しただけのことはある*ね。

F：1　うん。あまり上手くないね。

　　2　うん。ひどいね。

　　3　うん。上手だね。

| □ だけのことはある 不愧是～

（6）

Answer 2

M：那時候如果趕快*離開就來得及了。

F：1　真是太好了！

　　2　問題是沒辦法馬上就走。

　　3　總算趕上了呢！

（7）

Answer 1

F：請問田中先生在哪裡呢？

M：1　田中在那邊的會議室裡。

　　2　田中在那邊的會議室裡。

　　3　田中正請慢走到那邊的會議室。

（8）

Answer 3

M：能夠畫出這樣的畫，真不愧是*留學過的人啊。

F：1　嗯，畫得不太好哦。

　　2　嗯，畫得好糟哦。

　　3　嗯，畫得真好耶。

　用があるのに急いで帰ろうとしない人に、すぐに帰ったほうがいい（すぐに帰らないと間に合わない）と、強く言っている状況。そう言われて「すぐに帰るのは無理だ」と言い返している。

　1「間に合ったね」などと言われたとき。

　3すぐに帰らなくても間に合うときは「間に合うよ」

*「さっさと」は、急いで行動する様子。例・いつまでも遊んでいないで、さっさと寝なさい。

　這題的狀況是對之後還有事，卻不趕緊離開的人強力建議“馬上離開比較好（不馬上離開的話就來不及了）”。聽到男士的話，女士回答「すぐに帰るのは無理だ／問題是沒辦法馬上就走」。

　選項1是當對方説「間に合ったね／趕上了呢」時的回答。

　選項3，若是不馬上走也來得及的情況，應該回答「間に合うよ／來得及啦」。

*「さっさと／趕快」是迅速行動的樣子。例句：不要一直玩，趕快去睡覺！

　男の人が「田中は」と言っているので、この場面で男の人と田中さんは尊敬語を使わない関係だと分かる。「おります」は「います」の謙譲語。

　女の人はこの会社を訪ねてきた人、男の人と田中さんはこの会社の人と考えられる。家族や社内の人のことは、外の人に対して話すとき、尊敬語を使わない。

　2は「田中さんは」なら正解。

　2は「～にいます」、3は「～に行っています」という意味になる。

　因為男士説的是「田中は／田中」，所以可知在這個場合，男士和田中先生是不需要使用敬語的關係。「おります／在」是「います／在」的謙讓語。

　因此可以推測女士是前來這家公司拜訪的客人，而男士和田中是這家公司的員工。對外人提到自己的家人或公司裡的同事時不使用尊敬語。

　選項2如果是「田中さんは／田中先生他」則為正確答案。

　選項2是「～にいます／在」的意思，選項3是「～に行っています／正在前往～」的意思。

　絵を見て、二人が話している。「留学したからやはり上手だ」と言っている。「うん」と同意しているので、続くのは「上手だ」という評価することば。

　兩人正在談論眼前的畫。男士認為「留したからやはり上手だ／留學過果然很厲害」，女士以「うん／嗯」表示同意，因此後面要接「上手だ／畫得很好哦」評價的句子。

*「～だけのことはある」はそれに合った価値がある、～から期待する通りだ、という意味。例・さすが決勝戦だけあって、いい試合だった。

*「～だけのことはある／不愧是～」是“名符其實、和期待的一樣”的意思。例句：不愧是決賽，真是一場精采的比賽！

9番

F：私は説明したんですが、部長は怒る一方でした。

M：1　許してもらえたんですか。よかったですね。

　　2　許してもらえないんですか。困りましたね。

　　3　許してあげたんですか。よかったですね。

□ 一方 一直

（9）

F：雖然我解釋過了，但經理還是很生氣。

M：1　得到經理的諒解了嗎？真是太好了。

　　2　沒有得到經理的諒解嗎？真是傷腦筋。

　　3　妳原諒經理了嗎？真是太好了。

10番

M：この実験、こんどこそ成功させたいんだ。

F：1　うん。何回も成功したから、きっとだいじょうぶだよ。

　　2　うん。もう一回できるといいね。

　　3　うん。もう三回目だから、きっとできるよ。

□ 実験 實驗

（10）

M：這項實驗，希望這次一定要成功！

F：1　嗯，前面好幾次都成功了，這次一定沒問題的！

　　2　嗯，要是能再做一次就好了。

　　3　嗯，這已經是第三次了，一定會成功的！

11番

F：昨日のテスト、あまりの難しさに泣きたくなっちゃった。

M：1　うん。簡単でよかったね。

　　2　うん。あまり難しくなくてよかったね。

　　3　うん。僕もぜんぜんできなかった。

□ ぜんぜん 完全

（11）

F：昨天的考試好難，好想哭哦。

M：1　嗯，那麼簡單真是太好了。

　　2　嗯，不怎麼困難真是太好了。

　　3　嗯，我也完全不會。

「〜一方だ」は、〜ばかりだ、という意味。

1 「説明したら分かってもらえました」に対する返事。

3 「許してあげる」は、女の人が部長を許すという意味になる。

「〜一方だ／越來越〜」是"越趨〜"的意思。

選項1是當對方說「説明したら分かってもらえました／解釋之後經理就諒解了」的回答。

選項3「許してあげる／原諒他」是女士原諒經理的意思。

「こんど（今度）こそ」の「こそ」は強調。今まではできなかったが、今度は絶対に、という強い言い方。

1 「何回も成功したから」が間違い。

2 「もう一回」が間違い。

「こんど（今度）こそ／這次一定要」的「こそ」表示強調。是強烈表示"目前為止沒做到的，這次一定要做到"的意思。

選項1「何回も成功したから／成功了好幾次」不正確。

選項2「もう一回／再一次」不正確。

「あまりの難しさに」は、とても難しかったので、という意味。「うん」と答えているので、難しかったという意味のことばが続く。

「あまりの難しさに／好難」是"非常困難"的意思。因為男士的回答是「うん／嗯」，所以後面要接表示困難的句子。

翻譯與解題

もんだい 1

もんだい 2

もんだい 3

もんだい ❹

もんだい 5

N2 聴力模擬考題　問題4　第二回　(4-14)

問題4では、問題用紙に何も印刷されていません。まず文を聞いてください。それから、それに対する返事を聞いて、1から3の中から、最もよいものを一つ選んでください。

(4-15) 例　【答案詳見：203頁】　答え：① ② ③ ④

- メモ -

(4-16) 1番　【答案詳見：148頁】　答え：① ② ③ ④

- メモ -

(4-17) 2番　【答案詳見：148頁】　答え：① ② ③ ④

- メモ -

(4-18) **3番** 【答案詳見：148頁】

- メモ -

(4-19) **4番** 【答案詳見：150頁】

- メモ -

(4-20) **5番** 【答案詳見：150頁】

- メモ -

(4-21) 6番 【答案詳見：150頁】　　　　答え：① ② ③ ④

- メモ -

(4-22) 7番 【答案詳見：152頁】　　　　答え：① ② ③ ④

- メモ -

(4-23) 8番 【答案詳見：152頁】　　　　答え：① ② ③ ④

- メモ -

(4-24) **9番** 【答案詳見：152 頁】　　　　　答え： ① ② ③ ④

- メモ -

(4-25) **10番** 【答案詳見：154 頁】　　　　　答え： ① ② ③ ④

- メモ -

(4-26) **11番** 【答案詳見：154 頁】　　　　　答え： ① ② ③ ④

- メモ -

問題4では、問題用紙に何も印刷されていません。まず文を聞いてください。それから、それに
対する返事を聞いて、1から3の中から、最もよいものを一つ選んでください。

Answer **2**

1番

M：ちょっとお時間、よろしいですか。

F：1　はい、よろしいです。

　　2　ええ、どうぞ。

　　3　ええ、よろしく。

（1）

M：可以耽誤一下您的時間嗎？

F：1　是，可以。

　　2　可以，請說。

　　3　可以，請多指教。

□ どうぞ 請

4-17
Answer **2**

2番

F：あと一点だったのに。

M：1　うん。自分でもうれしいよ。

　　2　うん。自分でもくやしいよ。

　　3　うん。自分でも安心したよ。

（2）

F：明明只差一點了。

M：1　嗯，我也很開心喔。

　　2　嗯，我也很懊惱啊。

　　3　嗯，我也很安心喔。

□ くやしい 令人懊悔的

4-18
Answer **2**

3番

M：あれ、熱っぽい*顔してるね。

F：1　いや、もう怒ってないよ。

　　2　うん、ちょっと風邪気味かも。

　　3　うん、興味があるからね。

（3）

M：咦，妳的臉看起來好像*發燒了。

F：1　沒有，我已經氣消了。

　　2　嗯，可能有點感冒。

　　3　嗯，因為有興趣。

□ 気味 覺得有點～

翻譯與解題

もんだい 1

もんだい 2

もんだい 3

もんだい ❹

もんだい 5

第四大題。答案卷上沒有印任何圖片和文字。請先聽完主文，再聽回答，從選項 1 到 3 當中，選出最佳答案。

「よろしいですか」は「いいですか」の丁寧な言い方。「今、ちょっと時間がありますか」という意味。

1は、「これ、頂いてもよろしいですか」などに対する答え。

3は、「これ、わたしがしましょうか」など。

「よろしいですか／可以嗎？」是「いいですか／可以嗎？」的鄭重說法。本題整句話的意思是「今、ちょっと時間がありますか／請問您現在有空嗎？」。

1是當對方問「これ、頂いてもよろしいですか／請問我可以拿這個嗎」時的回答。

3是當對方問「これ、わたしがしましょうか／這個可以讓我來做嗎？」時的回答。

「～のに」は、残念な気持ちを表している。

「悔しい」は負けたり失敗したりしたときの腹が立つ気持ち。

「～のに／明明～」用於表達惋惜的心情。

「悔しい／懊惱」用於表達輸了、失敗等惱火的心情。

「熱っぽい」は、熱があるような感じがするという意味。

1は「まだ、怒ってる？」と言われたとき。

3は「熱心だね」と言われたとき。

「熱っぽい」是"感覺好像發燒了"的意思。

1是當對方說「まだ、怒ってる？／還生氣嗎？」時的回答。

3是當對方說「熱心だね／真有熱忱呢」時的回答。

---

*「～っぽい」は、～の感じがするという意味。例・彼は少し子供っぽいところがある。「～ぽい」は他に、よく～するという意味がある。例・このごろ忘れっぽくて困っている。

*「～っぽい／有～的感覺」是"有～的感覺"的意思。例句：他有孩子氣的一面。另外，「～ぽい」也含有"經常～"的意思。例句：最近很健忘，真傷腦筋。

4番

M：ああ、あの時カメラさえあれば*なあ。

F：1　そうですね。残念でしたね。

　　2　あってよかったですね。

　　3　なければよかったですね。

（4）

M：唉，如果那個時候有*相機就好了。

F：1　對啊，好可惜哦。

　　2　帶在身上真是太好了。

　　3　如果沒有就好了。

| □ さえ 只要～就好了

5番

F：田中さんにわかるわけないよ。

M：1　そう言わずに、一応きいてみたら？

　　2　そう言って、一応きいてみたら？

　　3　そう言わないなら、一応きいてみたら？

（5）

F：田中先生不可能懂啦。

M：1　別這麼説，不如先聽聽看他是怎麼説的？

　　2　這麼説，不如先聽聽看他是怎麼説的？

　　3　如果不這麼説的話，不如先聽聽看他是怎麼説的？

| □ 一応 暫且

6番

M：今日はここまでにしましょう。

F：1　はい。始めましょう。

　　2　はい。お願いします。

　　3　はい。お疲れ様でした。

（6）

M：今天就做到這裡吧！

F：1　好的，開始吧！

　　2　好的，麻煩你。

　　3　好的，辛苦了。

| □ お疲れ様でした 您辛苦了

「カメラさえあれば」は、カメラがなくて残念だという気持ち。

「カメラさえあれば／如果有相機」表示"很可惜沒有相機"的心情。

*「～さえ～ば」は、～という条件が一番重要であるとは問題ない、と言いたいとき。例・この子はお菓子さえあれば機嫌がいい。

*「～さえ～ば／如果～就～」用於想表達"～這個條件是最重要的，其他的都沒關係"時。例句：這個孩子只要有零食就開心了。

「わかるわけないよ」は、絶対にわからないよ、という意味。

「わかるわけないよ／不可能懂啦」是"絕對不會懂啦"的意思。

「一応聞いてみたら」と言っているので、その前には「そんなことを言わないで」という意味のことばが来る。

三個選項中都有「一応聞いてみたら／不如先聽聽看他是怎麼説的」，由此可知這句話的前面應該接有「そんなことを言わないで／不要這麼説」意思的句子。

「ここまでで終わり」という意味。仕事などが終わったときの挨拶は「お疲れ様でした」。

題目是「ここまでで終わり／到此結束」的意思。工作之類的事項結束時的問候語是「お疲れ様でした／辛苦了」。

4-22

7番

F：コーヒーを召し上がります*か。

M：1　はい、いただきます。

　　2　はい、いただいております。

　　3　はい、召し上がっていらっしゃいます。

（7）

F：請問您要喝*點咖啡嗎？

M：1　好，謝謝。

　　2　好，我正在喝。

　　3　是的，他正在喝。

□ 召し上がる 吃、喝的尊敬語

4-23

Answer

8番

M：彼が失敗するなんて*1、ありえない*2よ。

F：1　いや、それが、本当に失敗しなかったんだ。

　　2　いや、それが、本当に失敗したんだ。

　　3　いや、それが、本当に失敗しないんだ。

（8）

M：他竟然*1會失敗，不可能*2啊！

F：1　不，其實，他真的沒有失敗。

　　2　不，其實，他真的失敗了。

　　3　不，其實，他真的不會失敗。

□ ～んだ 用於解釋說明

4-24

Answer 1

9番

F：彼の日本語は、留学しただけのことはあります*ね。

M：1　ええ。かなり上手ですね。

　　2　ええ。それだけですね。

　　3　ええ。ちゃんと勉強しなかったんですね。

（9）

F：他日語説得那麼好，真不愧是*留學過的人。

M：1　對啊，説得非常好呢。

　　2　對啊，不過就這樣而已嘛。

　　3　對啊，當時沒有好好念書呢。

□ かなり 非常

コーヒーを勧めている。

2は、食事中に「もっと召し上がってください」と言われたときなど。

3は「先生はちゃんとコーヒーを召し上がっていらっしゃいますか」に対して、「はい、先生は召し上がっていらっしゃいます」と答えるとき。

*「召し上がります」は「食べます、飲みます」の尊敬語。

彼が失敗したことが信じられないと言っている。

「いや」と否定しているので、「本当に失敗した」と続く。

1「彼が成功するなんて…」に対する答え。

3「絶対に失敗しないなんて…」に対する答え。

*¹「失敗するなんて」の「なんて」は、意外な気持ちを表す。「とは」と同じ。

*²「ありえない」は、その可能性がないという意味。

やはり留学したから上手だと認めている。

「ええ」と答えているので、続くのは褒めることば。

*「～だけのことはある」は、～から期待される通りだという意味。例・彼女は話す声もいい声だな。さすが元歌手だけのことはある。

女士正在建議男士喝咖啡。

選項2是用餐時，對方問「もっと召し上がってください／請多吃（喝）一點」時的回答。

選項3，當對方問「先生はちゃんとコーヒーを召し上がっていらっしゃいますか／請問老師是否正在喝呢？」時，可以回答「はい、先生は召し上がっていらっしゃいます／是的，老師（他）正在喝。」

*「召し上がります／吃（喝）」是「食べます、飲みます／吃、喝」的尊敬語。

男士提到不敢相信他會失敗。

因為「いや／不」是否定，所以後面要接「本当に失敗した／真的失敗了」。

選項1是對「彼が成功するなんて…／他居然會成功…」的回答。

選項3是對「絶対に失敗しないなんて…／居然説他絕對不可能失敗…」的回答。

*¹「失敗するなんて／竟然會失敗」的「なんて／竟然」表示意外的心情。和「とは／竟然」意思相同。

*²「ありえない／不可能」是"沒有這種可能性"的意思。

女士認同自己話裡所指的「他」去留學過，所以日語説得很好。

因為回答是「ええ／對啊」，所以後面要接誇獎的句子。

*「～だけのことはある／不愧是～」是"就如同被期待的～"的意思。例句：她説話的聲音也很好聽。真不愧是歌手出身的。

翻譯與解題

もんだい 1

もんだい 2

もんだい 3

もんだい ❹

もんだい 5

(4-25)

10番

M：今日は引っ越しだから、テレビどころではない*よ。

F：1　広いから、いろいろあるじゃない。

　　2　そうか。忙しそうだね。

　　3　また買えばいいよ。

（10）

M：今天忙著搬家，哪裡有空*看電視啊！

F：1　因為很寬廣，不是有很多地方可以放嗎？

　　2　這樣啊，好像很忙哦。

　　3　再買就好了嘛。

□ ～そうだ 好像～

(4-26)

11番

F：決めたからには*やりましょう。

M：1　うん、すぐ始めよう。

　　2　うん、決まったらやろう。

　　3　うん、もう決めよう。

（11）

F：既然*決定了就動手吧！

M：1　好，馬上開始吧！

　　2　好，如果決定好了就做吧！

　　3　好，來決定吧。

□ 決める 決定；規定

　引っ越しなので、テレビを見る余裕はないという意味。忙しいと言っている。

　題目的意思是因為要搬家，所以沒有看電視的時間。男士的意思是很忙碌。

*「～どころではない」は、～できる状況ではない、という意味。例・今夜は大雨だ。花火どころじゃないよ。

*「～どころではない／哪有空～」是 "不是可以～的時候" 的意思。例句：今晚下大雨，沒辦法放煙火啦！

　決めたのだからやるべきだ、と言っている。

　女士的意思是，既然已經決定好了就動手吧。

*「からには」は、～のだから…するべきだ、～のだから…してほしい、と言いたいとき。「からには」は「以上（は）」「上は」と同じ。例・約束したからには、必ず守ってください。

*「からには／既然」用在想表達 "因為～所以應該…、因為～所以想…" 時。「からには／既然」和「以上（は）／既然」、「上は／既然」意思相同。例句：既然約好了，就請務必遵守約定。

翻譯與解題

もんだい 1

もんだい 2

もんだい 3

もんだい ❹

もんだい 5

N2 聴力模擬考題　問題4　第三回

【4-27】

問題4では、問題用紙に何も印刷されていません。まず文を聞いてください。それから、それに対する返事を聞いて、1から3の中から、最もよいものを一つ選んでください。

【4-28】 例　【答案詳見：203頁】　　　　答え： ① ② ③ ④

- メモ -

【4-29】 1番　【答案詳見：160頁】　　　　答え： ① ② ③ ④

- メモ -

【4-30】 2番　【答案詳見：160頁】　　　　答え： ① ② ③ ④

- メモ -

(4-31) **3番**〔ばん〕 【答案詳見：160頁】 答え：① ② ③ ④

- メモ -

(4-32) **4番**〔ばん〕 【答案詳見：162頁】 答え：① ② ③ ④

- メモ -

(4-33) **5番**〔ばん〕 【答案詳見：162頁】 答え：① ② ③ ④

- メモ -

6番 【答案詳見：164 頁】 答え： 1 2 3 4

- メモ -

 7番 【答案詳見：164 頁】 答え： 1 2 3 4

- メモ -

(4-36) 8番 【答案詳見：164 頁】 答え： 1 2 3 4

- メモ -

（4-37） **9番** 【答案詳見：166頁】　　　答え：① ② ③ ④

- メモ -

（4-38） **10番** 【答案詳見：166頁】　　　答え：① ② ③ ④

- メモ -

（4-39） **11番** 【答案詳見：166頁】　　　答え：① ② ③ ④

- メモ -

模擬試題

もんだい 1

もんだい 2

もんだい 3

もんだい ❹

もんだい 5

問題4では、問題用紙に何も印刷されていません。まず文を聞いてください。それから、それに
対する返事を聞いて、1から3の中から、最もよいものを一つ選んでください。

(4-29)
Answer 1

1番

M：先週からろくに寝てないんだ。

F：1　そんなに忙しいの。

　　2　はやくなおるといいね。

　　3　7時でも大丈夫だと思うよ。

（1）

M：從上星期開始就沒能好好睡上一
覺。

F：1　這麼忙嗎？

　　2　希望能趕快治好呢。

　　3　我覺得七點也可以哦。

□ ろくに 很好的

(4-30)
Answer 2

2番

F：この書類、日本語で書いても差し
支え*ないですか。

M：1　はい。使えます。

　　2　はい。かまいません。

　　3　はい。英語で書いてください。

（2）

F：這份文件，可以*用日文填寫嗎？

M：1　是的，可以使用。

　　2　是的，沒關係。

　　3　是的，請用英文填寫。

□ 差し支える 妨礙

(4-31)
Answer 1

3番

M：風邪をひいた時は早く寝るに越し
たことはないよ。

F：1　うん。心配してくれて、あり
がとう。

　　2　ううん。そんなに寝てないよ。

　　3　うん。もっとがんばるよ。

（3）

M：感冒時最好早點睡哦。

F：1　好，謝謝您的關心。

　　2　沒有呀，我沒睡那麼久哦。

　　3　好，我會更加努力。

□ ～に越したことはない 最好是～

翻譯與解題

もんだい 1

もんだい 2

もんだい 3

もんだい ❹

もんだい 5

第四大題。答案卷上沒有印任何圖片和文字。請先聽完主文，再聽回答，從選項1到3當中，選出最佳答案。

「ろくに…ない」は、十分に…ない、満足に…ないという意味。「ろくに寝てない」ということは、忙しくて寝る時間がないと推測できる。

2は「風邪で寝てるんだ」などに対する答え。

3は「6時に起きた方がいいかな」など。

「ろくに…ない／沒有好好～」是"不充分～、不滿足"的意思。從「ろくに寝てない／沒能好好睡上一覺」這句話可以推測是因為太忙了沒有時間睡覺。

選項2是當對方說「風邪で寝てるんだ／感冒了所以正在睡覺」時的回答。

選項3是當對方問「6時に起きた方がいいかな／六點起床比較好嗎」時的回答。

「差し支えない」は、問題ない、大丈夫だ、という意味。

2の「かまいません」は、問題ありませんという意味。

1 書いてもいいかと聞いているので、「使えます」という返事はおかしい。

3 「いいえ」なら正解。

「差し支えない／沒關係」是"沒問題、無妨"的意思。

選項2「かまいません／沒關係」是沒有問題的意思。

選項1，問題是"可以填寫嗎"，因此回答「使えます／可以使用」文不對題。

選項3，如果回答「いいえ／不」則為正確答案。

*「差し支え」は、問題、障害、都合の悪いこと、という意味。「差し支えない」という使い方をする。

*「差し支え／妨礙」是"問題、障礙、不利條件"的意思。大多使用「差し支えない／沒關係」這種用法。

「～に越したことはない」は、もちろん～方がいい、できれば～方がいい、と言いたいとき。風邪をひいた女の人を心配している。

3 寝た方がいい、と言っているので、「もっとがんばる」という返事はおかしい。

「～に越したことはない／最好～」用於想表達"當然是～最好、可以的話～比較好"時。這題男士正在擔心感冒的女士。

選項3，男士說"去睡比較好"因此回答「もっとがんばる／我會更加努力」不合邏輯。

4番

M：子どものくせに*文句を言うな。

F：1 ひどい。私、もう高校生なのに。

　　2 ありがとう。でも、まだまだだよ。

　　3 だいじょうぶ。もうすぐ言えるよ。

（4）

M：小孩子只要*閉上嘴巴聽大人安排就行啦！

F：1 真過分，我已經是高中生了耶。

　　2 謝謝。不過，我還差得遠呢。

　　3 不要緊，很快就能發牢騷囉。

| □ まだまだ 還

5番

F：よっぽど*おいしかったんですね。

M：1 ええ。あんまり。

　　2 ええ。よっぽど。

　　3 ええ。とっても。

（5）

F：聽起來似乎相當*好吃的樣子呢。

M：1 對，太過火了。

　　2 對，相當。

　　3 對，非常好吃。

| □ よっぽど 相當

翻譯與解題

もんだい 1

もんだい 2

もんだい 3

もんだい ❹

もんだい 5

「～のくせに」は、「～」を低く見たり、悪く言ったりするときの言い方。「子どもなのに」の強い言い方。

1は、もう高校生なのだから子どもではない、と反発している。

「～のくせに／明明」是輕視「～」、或説壞話的説法。是比「子どもなのに／明明只是小孩子」更強烈的説法。

選項1，女士反駁對方自己已經是高中生，不是小孩子了。

* 「～のくせに」の例・あいつは仕事もできないくせに、なんで女の子に人気があるんだ。

* 「～のくせに／明明」的例句：那傢伙明明連工作都做不好，為什麼這麼受女孩子歡迎啊！

「よっぽど」は、ずいぶん、本当に、など、程度が高いことを推量して言うとき。「よほど（余程）」を強調するとき、話し言葉。

ここでは、男の人がたくさん食べた、あっという間に食べた、などの状況が推測される。

返事は「はい、とてもおいしかったです」という意味。

1は「いいえ」なら正解。

2は、「よっぽど」は推量するときなので、食べた本人が「よっぽどおいしかった…」とはいわない。

「よっぽど／相當」是"非常、很"的意思，是推測程度很高的説法。是要強調「よほど（余程）／相當」時的説法。

本題可以推測狀況是男士吃了很多，或是一下子就把東西吃光了。

答句是「はい、とてもおいしかったです／對，很好吃」的意思。

選項1如果是「いいえ」則為正確答案。

選項2，因為「よっぽど」表示推測，所以吃過東西的本人不會説「よっぽどおいしかった…／似乎相當好吃」。

* 「よっぽど」「よほど」の例・あの子はよほどびっくりしたんだろう、走って帰っちゃったよ。

* 「よっぽど／相當」、「よほど／相當」的例句：那個孩子似乎真的嚇到了，一溜煙跑掉了。

6番

M：この仕事はぜんぶお任せします。

F：1　わかりました。がんばります。

　　2　お疲れ様でした。

　　3　お世話になっています。

（6）

M：這份工作就全交給妳了。

F：1　好的，我會努力完成。

　　2　辛苦您了。

　　3　承蒙您的關照。

| □ お～する 動詞的謙讓形式

7番

F：もう少し時間があったらいいのに*。

M：1　うん。ぎりぎりだったね。

　　2　うん。とにかく急ごう。

　　3　うん。たっぷり時間があって助かったよ。

（7）

F：如果時間再長一點就好了*。

M：1　對啊，時間很緊湊呢。

　　2　對啊，總之快一點吧。

　　3　對啊，幸好時間充裕，真是得救了。

| □ ぎりぎり 極限

8番

M：ああ、やっと*1テストが終わった。もう勉強しないで済む*2んだ。

F：1　そうだね。がんばって。

　　2　がっかりしないで。

　　3　お疲れ様。

（8）

M：啊，考試終於*1結束了。我再也不必*2念書了！

F：1　對耶，加油哦！

　　2　不要失望。

　　3　辛苦了。

| □ 済む 結束

　「任せる」は、仕事を他の人にしてもらうこと。「お任せします」は、最後まであなたがやってください、全部あなたが決めてくださいという意味。

　2は「この仕事、終わりました」などに対する答え。

　3は、仕事の挨拶で使う言い方。

　「任せる／交給你」表示把工作交給別人。「お任せします／交給你了」是"請你做完、全部由你決定"的意思。

　選項2，是當對方説「この仕事、終わりました／這個工作結束了」時的回答。

　選項3是職場上的問候用語。

　時間が足りない、という状況。

　1　「だったね」が過去形で、終わったことになっているので間違い。「ぎりぎりだね」なら進行中のこととなり、正解。なお、「ぎりぎりだったね」は、間に合ってよかった、という意味になる。

＊「あったらいいのに」も進行中のことを表している。もう終わったことなら「あったらよかったのに」となり、「間に合わなかった」という意味になる。

　這題的情況是時間不夠了。

　選項1，「だったね」是過去式，表示事情已經結束了，所以不正確。如果是「ぎりぎりだね／時間很緊湊呢」則表示事情還在進行中，就是正確答案。另外，「ぎりぎりだったね／時間很緊湊呢」是"幸好趕上了"的意思。

＊「あったらいいのに／如果……就好了」用於表達正在進行的事。如果是指已經結束的事，則應該説「あったらよかったのに／如果當時……就好了」，是「間に合わなかった／沒趕上」的意思。

　テストが終わった人に対して言うのは、3。

　對考試結束的人説的話是選項3。

＊¹「やっと」は、待っていた状況になって嬉しい気持ち。

＊²「…しないで済む」も「…しなくていい」というほっとした気持ちを表している。

＊¹「やっと」用在期待的狀況終於來臨時，表達開心的心情。

＊²「…しないで済む／不必……」和「…しなくていい／不做……也沒關係」都表達放心的心情。

9番

F：せっかく*夕ご飯作ったのに。

M：1　ごめん。食べてきたんだ。

　　2　うん。急いで作って。

　　3　もっとたくさん作って。

□ せっかく 特意

10番

M：あれ、教室の電気、いつのまにか*消えてる。

F：1　すみません、すぐ消します。

　　2　さっき、私が消しました。

　　3　あとで、消します。

□ いつのまにか 不知道什麼時候

11番

M：明日はいよいよ合格発表ですね。

F：1　はい。どきどき*します。

　　2　はい。10時でした。

　　3　はい。いいです。

□ いよいよ 終於

（9）

F：我都已經做好晚飯了耶*。

M：1　我已經吃過了，真對不起。

　　2　好，請趕快做。

　　3　請做更多。

（10）

M：咦，教室的電燈不知道什麼時候*關了。

F：1　不好意思，我馬上關掉。

　　2　是我剛才關掉的。

　　3　我等一下再關。

（11）

M：明天終於要公布成績了呢。

F：1　對，好緊張*哦。

　　2　對，是十點。

　　3　對，很好。

わざわざあなたのために～したのに、という
残念な気持ち。

　2「夕ご飯、食べるの？」と聞かれたとき。

　3「夕ご飯、これで足りる？」と聞かれたと
き。

　題目表達了“明明特地為你
做了～”的遺憾心情。

　選項2是當對方問「夕ご
飯、食べるの？／要吃晚餐嗎？」時的回
答。

　選項3是當對方問「夕ご飯、これで足り
る？／晚餐這些夠嗎？」時的回答。

＊「せっかく」は、努力が無駄になって残念だという
気持ちを言う。例・せっかく調べたのに、この資料
は古くて参考にならなかった。

＊「せっかく／好不容易」表達努力白費了的遺憾
心情。例句：好不容易調查了一遍，但這份資料
太舊了，沒有參考價值。

　電気が知らないうちに消えていて、驚いてい
る状況。

　1と3は、今電気がついている。

　這題的狀況是電燈在不知不覺間熄了，男
士嚇了一跳。

　選項1和選項3，現在電燈都還開著。

＊「いつの間にか」は、気がつかない間に、知らない
うちに、という意味。

＊「いつの間にか／不知道什麼時候」是“在沒注
意到的時候、不知不覺間”的意思。

　「どきどき」は心臓が速く動く様子を表す擬
音語。

　「どきどき／噗通噗通」是表示心臟快速
跳動的樣子的擬聲語。

＊「どきどき」の例・手紙を開けるときは、どきどきし
て、手が震えました。

＊「どきどき／噗通噗通」的例句：展開信紙時，
緊張的手不斷顫抖。

翻譯與解題　もんだい1　もんだい2　もんだい3　もんだい❹　もんだい5

Memo

総合理解

在聽完較長的會話段落之後，測驗是否能夠將之綜合比較並且理解其內容。

考前要注意的事

▶ 作答流程 & 答題技巧

| 聽取說明 | 先仔細聽取考題說明 |

↓

聽取問題與內容

測驗目標是聽取內容較長的文章，一邊比較、整合大量的資訊，一邊理解談話內容。「1番、2番」選項不會印在考卷上，「3番」選項會印在考卷上。

預估有 4 題左右

1 這大題題型多為針對兩人以上的談話內容作答，或是兩人針對新聞主播或推銷員等談論的某事進行討論，再根據討論的內容作答。

2 由於資訊量大，請邊聽每個說話者意見的相異點，抓住要點，邊聆聽邊做筆記。

↓

| 答題 | 再次仔細聆聽問題，選出正確答案 |

N2 聴力模擬考題　問題5　第一回　(5-1)

問題5では、長めの話を聞きます。この問題には練習がありません。

メモをとってもかまいません。

1番、2番

問題用紙に何も印刷されていません。まず話を聞いてください。それから、質問とせんたくしを聞いて、1から4の中から、最もよいものを一つ選んでください。

(5-2) **1番**　【答案詳見：172 頁】　　　　　　　　答え：① ② ③ ④

- メモ -

(5-3) **2番**　【答案詳見：174 頁】　　　　　　　　答え：① ② ③ ④

- メモ -

模擬試題

もんだい 1

もんだい 2

もんだい 3

もんだい 4

もんだい ❺

3番　（5-4）

まず話を聞いてください。それから、二つの質問を聞いて、それぞれ問題用紙の1から4の中から、最もよいものを一つ選んでください。

（5-5）**3番**　【答案詳見：176頁】　　　答え：① ② ③ ④

質問1

1　サッカー選手

2　医者

3　歌手

4　教師

質問2

1　医者

2　歌手

3　建築の仕事

4　教師

問題用紙に何も印刷されていません。まず話を聞いてください。それから、質問とせんたくしを聞いて、1から4の中から、最もよいものを一つ選んでください。

1番

電話で女の人と店員が話しています。

F：プリンターが急に印刷できなくなってしまったんです。いろいろやってみたんですけど。

M：そうですか。一回見てみないとなんとも言えないので、こちらに持ってきて頂くことはできますか。 ─關鍵句 ①

> ①②プリンターをお店に持って行くのは難しい。

F：持っていくのは難しいですね。大きいし重いので。 ─關鍵句 ②
修理に来ていただくか、取りに来てもらうことはできませんか。

M：はい、両方とも可能ですが、修理に伺う場合は、出張代が別に五千円かかります。ご依頼のあったお宅から順番に伺っていますので、数日お待ちいただきますが。 ─關鍵句 ③

> ③修理に来てもらう場合は数日待つことになる。

F：時間がかかるんですね。

M：宅配便で送られてはどうですか。宅配便も業者が家まで取りに来てくれますし、箱の用意もありますし。

F：うーん、でも、まあ、なんとか運びます。すぐに見てほしいので。 ─關鍵句 ④

> ④すぐに見てほしいので運ぶことにする。

> 「運ぶ」というのは、自分でお店に持っていくという意味。

女の人は、どうすることにしましたか。

1　修理を頼まないことにした

2　店にプリンターを持っていく

3　家まで修理に来てもらう

4　宅急便で店にプリンターを送る

□ プリンター
　【printer】印表機

□ 印刷 印刷

□ 修理 修理

□ 依頼 委託

□ 宅配便 快遞

翻譯與解題

もんだい 1

もんだい 2

もんだい 3

もんだい 4

もんだい ❺

答案卷上沒有印任何圖片和文字。請先聽完對話,再聽問題和選項,從選項１到４當中,選出最佳答案。

（１）

電話中,女士和店員正在談話。

Ｆ：印表機忽然不能列印了。我嘗試了各種方法,還是沒辦法啟動。

Ｍ：這樣嗎?但是沒有檢查印表機就無法判斷是什麼問題,可以請您將印表機帶過來嗎?

> ①②要把印表機帶去店裡有點困難。

Ｆ：帶過去有點困難耶,實在太大又太重了。可以請你們過來修理,或是來把印表機搬去維修嗎?

> ③如果要到府維修需要等待幾天。

Ｍ：可以,兩種方式都可以。如果需要我們過去維修,則需另外支付車馬費五千圓。我們會按照收件的順序到府維修,需要麻煩您等幾天。

Ｆ：要那麼久哦。

Ｍ：或者可以請快遞公司代為送修。快遞業者會到府取件,也會備好搬運用的箱子。

Ｆ：嗯,不過……,沒關係,我想辦法搬過去好了。我希望可以馬上維修。

> ④女士希望可以馬上維修,所以決定想辦法搬過去。

> 「運ぶ／搬運」是自己帶去店裡的意思。

------- Answer 2

請問女士決定怎麼做?

1 決定不維修了

2 把印表機搬去店家

3 申請到府維修

4 請快遞公司把印表機送到店家

2番
_{ばん}

学生3人が、夏休みの旅行について話しています。
_{がくせい}_{にん}　_{なつやす}　_{りょこう}　　_{はな}

M：せっかく車を借りられるんだったら、山でキャンプ　←關鍵句
_{くるま}　_か　　　　_{やま}

　　も楽しいと思うよ。朝早く行って、場所とって。
_{たの}　　_{おも}　　_{あさはや}　_い　　_{ばしょ}
　　　　　　　　　　　1

F1：いいね。山なら食事は川で魚を釣って焼くのはどう？
_{やま}　_{しょくじ}　_{かわ}_{さかな}　_つ　　_や

F2：楽しいと思うけど、いろいろ持っていくのは大変だ
_{たの}　　_{おも}　　　　　　　　_も　　　　　　_{たいへん}

　　よ。私は海の方がいいなあ。海岸でのんびりしたい　←關鍵句
_{わたし}_{うみ}_{ほう}　　　　_{かいがん}
　　　　2

　　から。

M：まあ、キャンプだとのんびりって感じじゃないね。じゃ
_{かん}

　　あ牧場なんてどうかな。　關鍵句
_{ぼくじょう}
　　　3

F2：私は、のんびりできればどこでもいいよ。でも、牧
_{わたし}　　　　　　　　　　　　　　　　　_{ぼく}

　　場で何をするの？
_{じょう}_{なに}

M：ちょっとまって。…ほら、これ、その牧場のホーム
_{ぼくじょう}

　　ページなんだけど、プールもあるんだ。馬に乗ったり、
_{うま}　_の

　　アイスクリームを作って食べたりもできるよ。羊や
_{つく}　_た　　　　　　　　_{ひつじ}

　　うさぎも。ほら。かわいいよ。

F1：うーん、私は動物がちょっと…*。魚釣りは好きな　←關鍵句
_{わたし}　_{どうぶつ}　　　　　_{さかなつ}　_す

　　んだけどね。
　　　　4

M：そうか。じゃみんな楽しめる所に行こう。僕も泳ぎ　←關鍵句
_{たの}　　_{ところ}_い　　_{ぼく}　_{およ}

　　たいし。
　　5

①男の学生が、山でキャンプと言う。

②女の学生（F2）は海の方がいいと言う。

③男の学生が、牧場はどうかと言う。

④もう一人の女の学生（F1）が動物は苦手、魚釣りは好きだと言う。

⑤男の学生が、僕も泳ぎたいと言う。

3人はどこへ行くことにしましたか。
_{にん}　　　_い

1　山
_{やま}

2　川
_{かわ}

3　海
_{うみ}

4　牧場
_{ぼくじょう}

みんなの楽しめるところは、3の海。

□ キャンプ【camp】露營

□ 海岸 海岸
_{かいがん}

□ 牧場 牧場
_{ぼくじょう}

□ 魚釣り 釣魚
_{さかなつ}

*「私は動物がちょっと…」は「動物があまり好きではない」「動物が苦手」という意味。

翻譯與解題

もんだい

1

もんだい

2

もんだい

3

もんだい

4

もんだい

❺

（2）

三名學生正在討論暑假的旅行。

M：既然租了車，我覺得去山上露營也很好玩哦。早上
　　早一點出發去搶位子。

①男學生提議去山上露營。

F1：不錯耶。如果去山上，午餐就在河邊把釣上來的
　　魚烤來吃，好不好？

F2：好玩是好玩，可是要帶很多東西去，很累人耶。
　　我覺得去海邊比較好。我想在海邊放空。

②女學生（F2）回答去海邊比較好。

M：也對啦，露營似乎沒辦法放空。那麼，去牧場好
　　嗎？

③男學生又提議"去牧場好嗎"。

F2：我只要能放空，去哪裡好。不過，去牧場能做什
　　麼？

M：等我搜尋一下哦。……妳們看，這是那家牧場的官
　　網，那裡也有游泳池喔。可以騎馬，還可以享用自
　　己親手做的冰淇淋哦！而且還有羊和兔子耶。妳們
　　看！好可愛喔。

F1：呃……我對動物有點……＊。我還是比較喜歡釣
　　魚。

④另一位女學生（F1）提到她不喜歡動物，喜歡釣魚。

M：這樣喔。那就去大家都想去的地方吧！反正我也想
　　游泳。

⑤男學生接著說"我也想游泳"。

Answer 3

請問三人最後決定去哪裡？

1　山上

2　河邊

3　海邊

4　牧場

綜上所述，大家都想去的地方是選項3海邊。

＊「私は動物がちょっと…／我對動物有點…」是「動物があまり好き
　ではない／我不太喜歡動物」、「動物が苦手／我害怕動物」的意
　思。

まず話_{はなし}を聞_きいてください。それから、二_{ふた}つの質問_{しつもん}を聞_きいて、それぞれ問題用紙_{もんだいようし}の1から4の中_{なか}から、最_{もっと}もよいものを一_{ひと}つ選_{えら}んでください。

3番_{ばん}

テレビで、ある調査_{ちょうさ}の結果_{けっか}について話_{はな}しています。

M：子どもたちの夢_{ゆめ}が変_かわってきています。「両親_{りょうしん}と同_{おな}じ仕事_{しごと}をしたいと思_{おも}うか」という質問_{しつもん}に、多_{おお}くの子_こどもが「どちらの親_{おや}の仕事_{しごと}もしたくない」と答_{こた}えました。「したい」という回答_{かいとう}は3割_{わり}でした。「親_{おや}と異_{こと}なる仕事_{しごと}に就_つきたい」と答_{こた}えた子_こどもの理由_{りゆう}で最_{もっと}も多_{おお}かったのは「やりたい仕事_{しごと}がきまっているから」でしたが、他_{ほか}に、「忙_{いそが}しそうだから」や「お金_{かね}が稼_{かせ}げなさそうだから」などという答_{こた}えもありました。人気_{にんき}のある仕事_{しごと}は、男_{おとこ}の子_この1位_いがサッカー選手_{せんしゅ}、女_{おんな}の子_この1位_いはケーキ屋_やさん〈──關鍵句
[1]
でした。

M1：僕_{ぼく}も同_{おな}じだ！おねえちゃんは歌手_{かしゅ}になりたいんだって。ねえ、お父_{とう}さ〈──關鍵句
[2]
んはどうだった。

M2：子_こどもの頃_{ころ}はよくおじいちゃんの病院_{びょういん}に行_いっていて、医者_{いしゃ}になりたいって思_{おも}ったよ。忙_{いそが}しそうで、あんまり給料_{きゅうりょう}も高_{たか}くなかったけどね。

M1：ふうん。お母_{かあ}さんはどうだった。

F：お母_{かあ}さんも歌手_{かしゅ}がいいと思_{おも}ってたな。私_{わたし}はおばあちゃんと同_{おな}じ仕事_{しごと}をしたいとは思_{おも}わなかった。だっておばあちゃん、忙_{いそが}しそうだったから。

M1：ええっ！それなのに、なんで？

F：何_{なん}でかなあ。まあ、かっこいいとは思_{おも}ってたけどね。子_こどもも、教_{おし}え〈──關鍵句
ることも好_すきだったから。[3]

M2：僕_{ぼく}は、建築_{けんちく}の仕事_{しごと}は好_すきだけど夢_{ゆめ}をかなえられなかったことはやっぱりくやしいな。おまえは、絶対_{ぜったい}に夢_{ゆめ}をかなえろよ。

M1：うん！

請先聽完對話，接著聆聽兩道問題，並分別從答案卷上的選項 1 到 4 當中，選出最佳答案。

（3）

男士正在電視節目上說明某項調查的結果。

M：兒童的夢想正逐漸改變。當詢問「你們想和爸媽做同樣的工作嗎？」，多數兒童回答的是「我既不想做爸爸那種工作，也不想做媽媽那種工作」，而回答「我想」的兒童只佔三成。如果進一步詢問那些回答「我想做和爸爸媽媽都不一樣的工作」的兒童為什麼，佔比最多的答案是「因為我已經決定要做什麼工作了」，其他答案例如「因為爸爸媽媽的工作好像很忙」以及「因為好像賺不到錢」。男孩最喜歡的工作是足球選手，女孩則是蛋糕店老闆。

M1：我也一樣！姐姐說她想當歌手。爸爸小時候想當什麼？

M2：我小時候常去爺爺的醫院，那時想當醫生。雖然工作好像很忙，薪水也不太高。

M1：這樣喔。那媽媽小時候呢？

F：媽媽小時候也覺得當歌手好像很好哦！我那時也不想和奶奶做同樣的工作，因為奶奶好像也很忙。

M1：真的嗎！既然不想，那為什麼現在又做一樣的工作？

F：我也不知道為什麼耶。嗯……就覺得這份工作很棒吧。而且我喜歡小朋友，也喜歡教書。

M2：我雖然喜歡建築工作，卻沒能實現夢想，現在想想還是覺得很可惜啊。你一定要實現你的夢想哦！

M1：嗯！

Answer 1

_{しつもん}
質問 1

_{むす こ} _{し ごと} _い
息子は、どんな仕事がしたいと言っていますか。

1 サッカー選手_{せんしゅ}

2 医者_{い しゃ}

3 歌手_{か しゅ}

4 教師_{きょう し}

①テレビの「男の子の1位がサッカー選手」に対して、②「僕も同じだ」と言っている。

Answer 4

_{しつもん}
質問 2

_{ははおや} _{し ごと}
母親はどんな仕事をしていますか。

1 医者_{い しゃ}

2 歌手_{か しゅ}

3 建築の仕事_{けんちく} _{し ごと}

4 教師_{きょう し}

③「子どもも、教えることも…」ということばから分かる。

□ 異なる 不同_{こと}

□ 稼ぐ 賺錢_{かせ}

□ 建築 建築_{けんちく}

翻譯與解題

もんだい 1

もんだい 2

もんだい 3

もんだい 4

もんだい ❺

提問 1

兒子説自己想從事什麼工作呢？

1　足球選手

2　醫生

3　歌手

4　教師

> ①對於電視節目提到「男の子の１位がサッカー選手／男孩最喜歡的工作是足球選手」，兒子説「僕も同じだ／我也一樣」。

提問 2

媽媽目前從事什麼工作呢？

1　醫生

2　歌手

3　建築的工作

4　教師

> ③從「子どもも、教えることも…／我喜歡小朋友，也喜歡教書」這句話可知正確答案是選項 4。

N2 聴力模擬考題　問題5　第二回　〔5-6〕

問題5では、長めの話を聞きます。この問題には練習がありません。

メモをとってもかまいません。

1番、2番

問題用紙に何も印刷されていません。まず話を聞いてください。それから、質問とせんたくしを聞いて、1から4の中から、最もよいものを一つ選んでください。

〔5-7〕 **1番**　【答案詳見：182頁】　　　　答え：① ② ③ ④

- メモ -

〔5-8〕 **2番**　【答案詳見：184頁】　　　　答え：① ② ③ ④

- メモ -

3番

まず話を聞いてください。それから、二つの質問を聞いて、それぞれ問題用紙の1から4の中から、最もよいものを一つ選んでください。

(5-10) **3番** 【答案詳見：186頁】　　　　　　　　　　答え： ① ② ③ ④

質問1

1　お酒とたばこ

2　競馬

3　インターネット

4　わからない

質問2

1　お酒とたばこ

2　競馬

3　インターネット

4　わからない

問題用紙に何も印刷されていません。まず話を聞いてください。それから、質問とせんたくしを聞いて、1から4の中から、最もよいものを一つ選んでください。

1番

□ 契約 契約
□ 住所 住處
□ 学生証 學生證
□ パスポート【passport】護照
□ 在留カード【在留 card】居留證

携帯電話の店で、販売員と学生が話しています。

M：いらっしゃいませ。

F：携帯電話の契約をしたいのですが、留学生はどんな手続きが必要ですか。

M：ありがとうございます。もうご住所は決まっていますか。

F：アパートは決まっています。ここのすぐ近くです。でも、まだ大学の学生証がありません。

①パスポートと在留カードがあればいい。

M：パスポートと在留カードがあれば、他の書類は結構 ◁ 關鍵句
です。住所が決まっていて、在留カードが届いていれば大丈夫です。在留カードはお持ちですか。
  ①

②まだ在留カードを受け取っていない。

F：実は、今日日本についたばかりで、まだアパートには行っていないんです。だから、だめですね。パス ◁ 關鍵句
ポートはあるんですが、まず在留カードを届けてもらわなければいけないわけですね。わかりました。
  ②

M：申し訳ありません。またお待ちしておりますので、ぜひよろしくお願いいたします。

留学生はこれからどうしますか。

1 パスポートと在留カードがあればいいと言っている。

1　大学に行って学生証をもらう

2 アパートは決まっている。

2　アパートをみつける

3　在留カードが届くのを待つ

4 在留カードがないので、今はできない。

4　すぐに携帯の申し込みをする

翻譯與解題

もんだい 1

もんだい 2

もんだい 3

もんだい 4

もんだい 5

聽答案卷上沒有印任何圖片和文字。請先聽完對話，再聽問題和選項，從選項 1 到 4 當中，選出最佳答案。

（1）

銷售員和學生正在手機行裡談話。

M：歡迎光臨。

F：我想辦一支手機，請問留學生需要準備什麼？

M：謝謝您選擇本店。請問已經有固定的住處嗎？

F：公寓已經租好了，就在這附近。不過，我還沒領到大學學生證。

M：只要有護照和居留證，就不需要其他文件了。有固定的住處能收到居留證就可以了。請問您居留證帶來了嗎？

> ①只要有護照和居留證就可以了。

F：其實我今天才剛到日本，還沒去過公寓，所以沒辦法提供居留證。護照倒是有，但我必須先拿到居留證才可以吧？好，我知道了。

> ②還沒拿到居留證。

M：非常抱歉。期待您再度光臨，務必讓我們為您服務。

Answer **3**

請問留學生接下來要做什麼呢？

1　去大學拿學生證

2　找尋公寓

3　等待居留證送到

4　馬上辦一支手機

> 選項 1，銷售員提到只要有護照和居留證就可以了。

> 選項 2，學生**說**公寓已經租好了。

> 選項 4，因為現在沒有居留證，所以現在無法申**辦**。

2番
メモをとる。

バドミントン部の学生3人が話しています。

F1：体育館の工事中、練習はどうしようか。

M：2週間だよね。駅前の市立体育館を借りられるらしいんだけど、予約が今からだと、かなり日にちが限られそうだなあ。

F2：私、一応、月火木金を予約しておいたよ。ただ学生ホールが使えるから、そっちも使わせてもらおうよ。週の前半は市立体育館にして。

M：ああ、助かったよ。そうだね。毎回あの体育館まで行くのは時間がもったいない。

①市立体育館：月・火。学生ホール：木・金。

F2：じゃ、月火が体育館で、木金が学生ホールでいい？ ◁關鍵句[1]

M：いいんだけど、木曜はコーチが来るから、体育館の方がいいんじゃない。

②火曜と木曜を逆にする。

F1：うん。そうしよう。火曜と木曜は逆にしよう。 ◁關鍵句[2]

F2：了解。じゃ、使わない曜日はキャンセルしとくね。

学校の体育館が工事の間、市立体育館を使うのは、何曜日と何曜日ですか。

1 月曜日と火曜日
2 月曜日と木曜日
3 火曜日と木曜日
4 火曜日と金曜日

□ バドミントン【badminton】羽毛球
□ 体育館 體育館
□ 工事 施工，工程
□ ホール【hall】禮堂
□ 前半 前半，上半
□ コーチ【coach】教練
□ 逆 相反
□ キャンセル【cancel】取消

翻譯與解題

もんだい 1

もんだい 2

もんだい 3

もんだい 4

もんだい 5

（2）

羽球社的三名學生正在談話。

F1：體育館正在整修，練習要怎麼辦？

M：整整兩個星期耶。車站前的市立體育館好像可以
外借，但現在才登記的話，能借到的時間相當有限
啊。

F2：我已經把星期一、二、四、五的時段先登記下來
了。不過禮堂也可以借用，所以也去登記那邊的場
地吧。每週一、二到市立體育館練習。

M：哦，真是幫大忙了！說得也是，每次去那個體育館
一趟也很浪費時間。

F2：那麼，星期一、二去體育館，星期四、五就在禮
堂，這樣可以嗎？

①市立體育館：星
期一、星期二。禮堂：
星期四、星期五。

M：可以是可以，但星期四教練會來，是不是去體育館
比較好？

F1：嗯，就這麼辦，把星期二和星期四對調吧！

②星期二和星期四
對調。

F2：了解！那麼，我先把不需要的日期取消囉。

Answer 2

請問學校體育館施工期間，在星期幾和星期幾需要借用
市立體育館呢？

1 星期一和星期二

2 星期一和星期四

3 星期二和星期四

4 星期二和星期五

まず話を聞いてください。それから、二つの質問を聞いて、それぞれ問題用紙の1から4の中から、最もよいものを一つ選んでください。

3番

ラジオで、社会人の楽しみについて話しています。

M1：先日のアンケート調査によると、最近の20代男性にはお酒、タバコ、競馬などのギャンブルをしない人が増えてきているようです。30～50代では「どれもやらない」と答えた人が24.6％だったのに対し、20代では44.3％でした。この結果に対して、「どれも、体に悪かったりやめられなくなったりするものだから、とてもいい変化だ」と言う声がある一方、「単に、お金がないからで、余裕がなくなっているからだ」という人もいるようです。また、その代わりにアニメ、インターネット、SNSといった楽しみに夢中になる人が増えてきています。

M2：会社の宴会でお酒が飲めないとけっこうつらいから、僕にとってはいいニュースだな。どれも体にも悪いし、家族を不幸にするし、減ってもいいんじゃない。

F ：私は、ちょっと怖い気がするんだよね。たとえば、タバコを吸う人やお酒を飲む人が差別的な目で見られたりするようになるのかな、とか。タバコは嫌いだからいいけど、お酒は別に嫌いじゃないし、飲む人が減っているというのは、余裕がなくなってきているようで喜んでばかりもいられない気がする。

M2：ふうん。僕は、どれも苦手だし、ネットさえあれば満足だからなあ。 ← 關鍵句 ①

F ：ああ、それそれ。今増えている、新しい、やめられなくなる楽しみだよね。これもそのうちに、若い人たちの間では減って来た、と言われる時代が来るかもね。

M2：ううん、まあ、そうかもね。

翻譯與解題

もんだい 1

もんだい 2

もんだい 3

もんだい 4

もんだい 5

請先聽完對話，接著聆聽兩道問題，並分別從答案卷上的選項1到4當中，選出最佳答案。

（3）

廣播節目裡正在談論有關社會人士的娛樂。

M1：根據前一陣子做的問卷調查，最近二十幾歲的男性不菸不酒、也不參與賽馬等賭博活動的人似乎增加了。相較於三十到五十幾歲年齡層回答「以上活動均不參與」的人佔24.6%，二十歲年齡層回答相同答案的人則佔44.3%。對於這個結果，有人認為「這些活動，不是有害健康就是容易上癮，所以這是一個很好的趨勢」；然而另一方面，也有人認為「純粹是因為沒有錢所以無法參與這些活動」。此外，取而代之的是有愈來愈多人熱衷於看動漫、上網和玩社群網站這類型的娛樂。

M2：在公司的應酬場合上如果不喝酒就會遭到排擠，所以這對我來說真是一項好消息。這些所謂的娛樂不僅對身體有害，還會造成家庭破裂，愈來愈少不是很好嗎？

F：我倒是對這種變化覺得有點害怕呢。我的意思是，吸菸或喝酒的人會不會受到歧視的眼光之類的。我討厭菸味，所以對這部分沒什麼意見，但是我並不討厭喝酒，而且如果喝酒的人愈來愈少，似乎連喝個酒都變得讓人不自在了，因此這樣的趨勢恐怕不全然是好事。

M2：是嗎？……反正那些我都沒興趣，我只要能上網就心滿意足了。

F：哦對，就是那個！那就是現在愈來愈多人上癮的新興娛樂吧！照這樣看來，說不定「年輕人之間的關係逐漸淡薄」的時代遲早會來臨呢。

M2：嗯……這個嘛，也許是吧。

質問1

この男の人の楽しみは何ですか。

1　お酒とたばこ
2　競馬
3　インターネット
4　わからない

①男の人は、ネットさえあれば満足だと言っている。

質問2

この女の人の楽しみは何ですか。

1　お酒とたばこ
2　競馬
3　インターネット
4　わからない

タバコは嫌い、お酒は嫌いじゃない、と言っているが、特に自分の楽しみのことは話していない。

□ 社会人 社會人士
□ アンケート【(法) enquete】 意見調査
□ 競馬 賽馬
□ ギャンブル【gamble】 賭博
□ 単に 只
□ 余裕 從容
□ その代わりに 作為替代
□ 宴会 宴會
□ 不幸 不幸
□ 別に 並（不）特別〜
□ そのうちに 眼看就要〜

提問 1

請問這位男士的喜好是什麼？

1　酒和菸
2　賽馬
3　網路
4　無法得知

①男士提到他只要能上網就心滿意足了。

提問 2

請問這位女士的喜好是什麼？

1　酒和菸
2　賽馬
3　網路
4　無法得知

雖然女士提到她討厭菸味、不討厭喝酒，但並沒有特別提到自己的喜好。

N2 聴力模擬考題　問題5　第三回　(5-11)

問題5では、長めの話を聞きます。この問題には練習がありません。

メモをとってもかまいません。

1番、2番

問題用紙に何も印刷されていません。まず話を聞いてください。それから、質問とせんたくしを聞いて、1から4の中から、最もよいものを一つ選んでください。

(5-12) **1番**　【答案詳見：192頁】　　　　答え：① ② ③ ④

- メ モ -

(5-13) **2番**　【答案詳見：194頁】　　　　答え：① ② ③ ④

- メ モ -

3番

まず話を聞いてください。それから、二つの質問を聞いて、それぞれ問題用紙の1から4の中から、最もよいものを一つ選んでください。

3番 【答案詳見：196頁】 答え： ① ② ③ ④

質問1

1 仕事の進め方について

2 節約について

3 健康について

4 よい人間関係の作り方について

質問2

1 一番目の話題

2 二番目の話題

3 三番目の話題

4 四番目の話題

問題用紙に何も印刷されていません。まず話を聞いてください。それから、質問とせんたくしを聞いて、1から4の中から、最もよいものを一つ選んでください。

1番

メモをとる。

電気店で、販売員と男の人が話しています。

F：どんなテレビをお探しでしょうか。

M：あまり大きいのでなくて、薄型のがいいんです。録画ができた方がいいです。

①1番：録画○、ネット○、値段×、画面×

F：そうしますと、こちらの1番と2番のタイプですね。<u>1番のタイプは録画はもちろん、インターネット機能がついています。</u>[1] ＜關鍵句　<u>2番のテレビは録画はできるんですが、ゲームやインターネットはできません。</u>[2]＜關鍵句　その分、お安くなっています。

②2番：録画○、ネット×、画面○

M：インターネットが使えたら便利だなあ。だけど、高いし、ちょっと画面が…2番の方が見やすいね。

③3番：録画△、（画面小さい）

F：はい。<u>このもう一回り小さいのが3番なんですが、</u>＜關鍵句　これはテレビでの録画はできないんですが、パソコンにつなげばできるようになっています。

④⑤4番：録画△、大きさ○

M：それだとパソコンを近くに持って来ないといけないし…4番もできないんですか？これは<u>大きさがちょうどいいんだけど。</u>[4]＜關鍵句

⑥「ビデオがついてるのがいい」とあるので、録画機能のついた2番のテレビを買う。

F：こちらも、<u>パソコンにつなげる形ですね。</u>[5]＜關鍵句

M：そうか。じゃ、やっぱり<u>他のことはできなくてもいいけど、</u>＜關鍵句　<u>ビデオがついているのがいいから…。</u>[6]これにします。

男の人はどのテレビを買いますか。

1　1番のテレビ

2　2番のテレビ

3　3番のテレビ

4　4番のテレビ

□ 録画 錄影

□ 機能 功能

□ つなぐ 連接上

答案卷上沒有印任何圖片和文字。請先聽完對話，再聽問題和選項，從選項1到4當中，選出最佳答案。

（1）

銷售員和男士正在電器行裡交談。

請邊聽邊作筆記。

F：請問您在找哪種電視機呢？

M：我想要輕薄的機型，不要太大。最好是附錄影功能。

F：這樣的話，就是這裡的一號和二號機型了。一號機型不僅可以錄影，還附有上網功能。二號機型雖然也可以錄影，但是無法打電玩和上網，所以也比較便宜。

①一號電視機：錄影○、網路○、價格×、畫面×

②二號電視機：錄影○、網路×、畫面○

M：可以上網真方便，但是好貴，而且它的螢幕……，二號的畫面看起來比較清晰。

F：是的。尺寸再小一號的是三號機型，雖然這台無法直接在電視上操作錄影，不過只要連接電腦就可以了。

③三號電視機：錄影△、（畫面小）

M：這樣一來就得把電腦搬到電視旁邊才行了……，四號也不能嗎？這台大小剛剛好。

④⑤四號電視機：錄影△、畫面大○

F：這台也是必須連接電腦的機型。

M：這樣啊。那麼，其他的功能不需要，只要能錄影就好了……。就選這台吧！

⑥男士説「ビデオがついてるのがいい／只要能錄影就好了」，因此男士買的是有錄影功能的二號電視機。

Answer **2**

請問男士購買了哪一台電視機呢？

1　一號電視機

2　二號電視機

3　三號電視機

4　四號電視機

翻譯與解題

もんだい 1

もんだい 2

もんだい 3

もんだい 4

もんだい **5**

2番

会社のスポーツ大会について社員が相談しています。

F1：スポーツならなんでもいいんですよね。だったら、テニス大会はどうですか。チームに分れて。

M1：個人的には賛成なんだけど、できない人や、やったことのない人もいるから、なるべくみんなが参加できるのがいいよ。

F2：じゃあ、バレーとか、バスケット？

M1：そうだね。あと、バドミントンとかね。

F1：いいけど、すごく上手な人と、苦手な人と一緒にやるとなると、危なくないですか。新人社員は結構熱くなりそうだし。

M1：そうだなあ…じゃ、野球は？ ＜關鍵句 [1]

F1：ああ、人数はそれがちょうどいいかも。ただ、道具 ＜關鍵句 [2] はどうしますか？ ＜關鍵句 [3]

F2：そうですよね。ボールとか、あと靴もけっこう大事ですよ。

M1：それは僕にまかせてよ。スポーツ用品を借りられる ＜關鍵句 ところなら心当たりがあるんだ。 [4]

F1：あとは、場所ですね。 ＜關鍵句 [5]

M1：うん、そっちもさがしてみるよ。 ＜關鍵句 [6]

どんなスポーツをすることになりましたか。

1　テニス

2　バレー

3　野球

4　バドミントン

□ チーム【team】 隊伍

□ 個人的 個人的

□ 賛成 賛成

□ バレー【volleyball之略】 排球

□ バスケット【basketball之略】 籃球

□ バドミントン【badminton】 羽毛球

□ 用品 用品

□ 心当たり 線索

①②野球は人数がちょうどいい。

③④道具は借りられる。

⑤⑥場所も探してみる。

1 できない人がいる。

2 危ない。

4 危ない。

（2）

職員們正在討談公司的運動會。

F1：只要是運動，無論什麼項目都可以吧。既然如此，
　　 網球大賽怎麼樣？分隊競賽。

M1：我個人是很贊成啦，但是也有不擅長網球、或從來
　　 沒有打過網球的人，所以盡量選每個人都能參加的
　　 運動項目比較好哦。

F2：那麼，排球或籃球如何？

M1：不錯耶。還有羽毛球也可以。

F1：這些提議雖然好，但讓高手和生手一起比賽，會不
　　 會有點危險？新進職員好像非常熱血哦。

M1：也對……。那，棒球呢？

F1：哦，棒球的話，人數說不定剛剛好。但是器材怎麼
　　 辦？

F2：對耶，不止要準備球，還有鞋子也很重要。

M1：這個就交給我吧！我知道哪裡可以租借體育用品。

F1：接下來就剩比賽地點了。

M1：嗯，我也會幫忙找一找。

①②對話中提到棒球的人數剛剛好。

③④對話中提到體育用品可以用租借的。

⑤⑥對話中提到要找看看比賽地點。

Answer **3**

請問最後決定比賽哪種運動項目？

1　網球

2　排球

3　棒球

4　羽毛球

選項 1，有不擅長網球的職員。

選項 2，對話中提到有點危險。

選項 4，對話中提到有點危險。

まず話を聞いてください。それから、二つの質問を聞いて、それぞれ問題用紙の1から4の中から、最もよいものを一つ選んでください。

3番

テレビで、ある会社の社長がスピーチをしています。

M1：大切なことを四つお話しします。まず一番目に、忙しい人ほど毎日、 ◁ 關鍵句
予定を立てる時間をしっかりとるべき*¹です。会社員だけでなく、
学生にも、主婦にもこれは言えることかもしれません。朝起きた時に、
その日1日にすることが決まっていれば、まず迷う時間を減らせます。
二番目に、忙しい人ほどすべき*²なのがしっかり食事をする、とい ◁ 關鍵句
2 うことです。食べれば元気にもなりますし、この時間を利用して今日
はまだこれができていないから、このあとはこんなふうにしよう、と
予定を修正するわけです。三番目に、たくさん仕事がある時は、特に ◁ 關鍵句
締め切りがないなら、時間のかかる方ではなく、さっと終わる方から
片づけます。その方が、自分でも満足感がありますし、評価も感謝も
3
されます。ただ、もちろん、全部やらないといけませんよ。そして最
後、四番目に、捨てる、ということです。この仕事は必要がない、と ◁ 關鍵句
早めに判断する。もしかしたらこれが最もむずかしいことかもしれま
4
せんね。

M2：なるほどね。会社ではその日あったことを報告しているけれど、翌日
の予定はそんなに丁寧には立ててないね。 關鍵句
5
F：私は、いつも決まったことしかしないからなあ。明日も、朝ごはんを
作って、掃除して、洗濯して、パートに行って、買い物して、夕ご飯
を作るだけだし。

M2：だけどさ、もし、例えばちょっと珍しい料理をする場合は、いつもと
違う店に行くわけでしょう。その近くにある店に用事があれば、その
準備をするよね。

F：そうね。お菓子の材料を買いに行くついでに不用品をリサイクルショッ
プに持って行ったり。そうそう、あなたの机にもいらないものがいろ
いろ入ってるみたいだし、明日持って行こうか？

M2：いや、お菓子だけでいいよ。明日はまず、お菓子を作ってよ。

F：はいはい、わかった。とにかく、私も予定を立ててみる。 ◁ 關鍵句
6

請先聽完對話，接著聆聽兩道問題，並分別從答案卷上的選項 1 到 4 當中，選出最佳答案。

（3）

某家公司的總經理正在電視節目中演講。

M1：我要分享四件重要的事。第一件事，越是忙碌的人，每天更應該*¹撥出一段時間好好訂計畫。不只是公司職員，我認為包括學生和家庭主婦都必須這麼做。如果在早上起床後決定好這一天要做的事，就能減少猶豫的時間。第二件事，越是忙碌的人，更應該*²好好吃飯。吃了飯就會有精神，而且還可以利用吃飯的時間確認有什麼事情還沒做，也就可以趕緊調整計畫決定等一下應該怎麼做了。第三件事，有許多工作時，尤其是沒有截止期限的狀況，要先做的不是花時間的工作，而是能很快完成的工作。如此一來不但能獲得成就感，也會得到周圍的好評和感謝。不過，工作當然還是得全部完成哦。最後的第四件事，就是要懂得斷捨離，必須在很快判斷出這份工作可以放棄。也許，這正是最困難的一件事。

M2：原來如此。我們公司雖然要求報告每天的工作成果，但就沒有要求詳細制訂隔天的計畫了。

F ：我每天都做一樣的事。明天也和今天一樣，做早餐、打掃、洗衣服、去做鐘點兼差、買菜，然後做晚餐。

M2：但是呢，像是如果要做比較特別的料理，就得去平常比較少去的店買菜，對不對？而且如果剛好也要到附近的店家辦事，還必須事先準備。

F ：說得也是。像是去買點心的材料時，順便把用不到的東西帶去二手店。對了，你桌上好像也擺了很多用不到的東西，明天拿去賣吧？

M2：不，做點心就好了。明天的第一件事就是做點心給我們吃嘛。

F ：好好好，我知道了。總而言之，我也來試著訂計畫吧。

質問1

スピーチのテーマは次のうちのどれですか。

①1 予定を立てる。

1　仕事の進め方について

②2 食事をとる。

2　節約について

③3 早く終わる仕事からやる。

3　健康について

④4 捨てる。

4　よい人間関係の作り方について

1〜4はどれも、仕事が忙しいとき、また仕事を効率よく進めるために心がけるべきこと。

質問2

男の人と女の人は、スピーチの、何番目の話題について話をしていますか。

⑤⑥予定を立てることについて話している。

1　一番目の話題

2　二番目の話題

3　三番目の話題

4　四番目の話題

*¹ 「動詞辞書形＋べきだ」は、〜するのが当然だ、〜した方がいい、という意味。

*² 「すべき」は例外。「するべき」と同じ。

□ 立てる 制定
□ 減らす 減少
□ 修正 修正
□ 締め切り 截止日
□ 捨てる 抛棄
□ 早めに 盡早
□ 判断 判斷
□ もしかしたら 或許
□ 翌日 隔天
□ 材料 材料
□ 不用品 不用的東西
□ リサイクルショップ【recycle shop】 二手商店

翻譯與解題

もんだい 1

もんだい 2

もんだい 3

もんだい 4

もんだい ⑤

提問 1

以下何者是上述演講的題目？

1 工作的進行方法

2 節約

3 健康

4 如何營造良好的人際關係

> 一到四的每一件事都是為了在工作忙碌時增加工作效率，而必須謹記在心的事。

> ①第一件事，訂計畫。

> ②第二件事，好好吃飯。

> ③第三件事，從能很快完成的工作開始做。

> ④第四件事，斷捨離。

提問 2

請問男士和女士正在討論演講中提到的第幾件事？

1 第一件事

2 第二件事

3 第三件事

4 第四件事

> ⑤⑥兩人正在討論訂計畫這件事。

*¹「動詞辞書形＋べきだ／應該」是 "做～是當然的、做～比較好" 的意思。

*²「すべき／應該」是「動詞辞書形＋べきだ／應該」的例外。和「するべき/應該」意思相同。

問題1

例

レストランで店員と客が話しています。客は店員に何を借りますか。

M：コートは、こちらでお預かりします。こちらの番号札をお持ちになってください。

F：じゃあこのカバンもお願いします。ええと、傘は、ここに置いといてもいいですか。

M：はい、こちらでお預かりします。

F：だいぶ濡れてるんですけど、いいですか。

M：はい、そのままお預かりします。お客様、よろしければ、ドライヤーをお使いになりますか。

F：ハンカチじゃだめなので、何かふくものをお借りできれば…。ドライヤーはいいです。ふくだけでだいじょうぶです。

客は店員に何を借りますか。

1　コート

2　傘

3　ドライヤー

4　タオル

第一大題

範例

店員和客人正在餐廳裡談話，請問客人向店員借什麼東西？

M：我來為您保管外套。這是您的號碼牌，請收好。

F：那這個包包也拜託你了。嗯……雨傘可以放在這裡嗎？

M：是的，請交給我們。

F：雨傘蠻濕的，沒關係嗎？

M：沒關係，這樣交給我們就可以了。這位小姐，請問您需要使用吹風機嗎？

F：用手帕好像擦不乾，如果可以借我吸水力比較強的東西……。吹風機就不用了。只

要是擦得乾的東西就行了。

請問客人向店員借什麼東西？

1 外套
2 雨傘
3 吹風機
4 毛巾

問題2

例

Answer 2

男の人と女の人が話しています。男の人はどうして寝られないと言っていますか。

M：あーあ。今日も寝られないよ。

F：どうしたの。残業？

M：いや、中国語の勉強をしなくちゃいけないんだよ。おととい、部長に呼ばれたんだ。それで、この前の会議の話をされてさ。

F：何か失敗しちゃったの？

M：いや、あの時、中国語の資料を使っただろう、って言われてさ。それなら、中国語は得意だろうから、来月の社長の出張について行って、中国語の通訳をしてくれって頼まれちゃって。仕方がないからすぐに本屋で買って来たんだ。このテキスト。

F：ああ、これで毎晩練習しているのね。でも、社長の通訳なんてすごいじゃない。がんばって。

男の人はどうして寝られないと言っていますか。

1 残業があるから
2 中国語の勉強をしなくてはいけないから
3 会議で失敗したから
4 社長に叱られたから

第二大題

範例

男士和女士正在談話。請問男士說他為什麼不能睡呢？

M：唉，今天又不能睡了。

F：怎麼了？要加班嗎？

M：不是，是今天得讀中文才行。前天我被經理叫去了，然後經理提到上次的會議。

F：出了什麼問題嗎？

M：那倒沒有。經理問我上回用了中文的資料對吧，既然如此，中文一定很行，所以要我下個月陪同總經理出差去當中文翻譯。沒辦法，我只好馬上去書店買這本參考書了。

F：哦，所以你每天晚上都在研讀這本參考書呀。不過，可以當總經理的翻譯，感覺很厲害耶。加油哦！

請問男士說他為什麼不能睡呢？

1　因為要加班

2　因為必須要讀中文

3　因為在會議上出錯了

4　因為被總經理責罵了

もんだい
問題3

れい
例

Answer 2

テレビで俳優が、子どもたちに見せたい映画について話しています。

M：この映画では、僕はアメリカ人の兵士の役です。英語は学校時代、本当に苦手だったので、覚えるのも大変でしたし、発音は泣きたくなるぐらい何回も直されました。僕がやる兵士は、明治時代に日本からアメリカに行った人の孫で、アメリカ人として軍隊に入るっていう、その話が中心の映画なんですが、銃を持って、祖父の母国である日本の兵士を撃つ場面では、本当に複雑な辛い気持ちになりました。アメリカの女性と結婚して、年をとってから妻を連れて、日本に旅行に行くんですが、自分の祖父のふるさとをたずねた時、妻が一生懸命覚えた日本語を話すんです。流れる音楽もいいですし…とにかくとてもいい映画なので、ぜひ観てほしいと思います。

どんな内容の映画ですか。

1　昔の小説家についての映画
2　戦争についての映画
3　英語教育のための映画
4　日本の音楽についての映画

第三大題

範例

演員正在電視節目上談論這部想給孩子們觀賞的電影。

M：我在這部電影裡的角色是一個美國士兵。以前讀書時我的英文非常糟糕，所以這次背台詞很辛苦，發音更是矯正了一次又一次，簡直都快哭出來了。我飾演的士兵是一個明治時代去到美國的日本人的孫子，之後以美國人的身分從軍。電影的劇情就是描述這個士兵的故事。當這名士兵手握槍枝，朝著對祖父的同鄉──日本士兵們射擊時，心情真是非常複雜與痛苦。後來這名士兵和美國女子結婚，年老時帶著妻子去日本旅行。當他們造訪祖父的故鄉時，他的妻子開口說出之前拚命學會的日語。電影的配樂也很動人。……總之，這是一部非常精采的電影，請各位一定要觀賞。

請問這部電影的內容是什麼？

1　描述以前的小説家的電影
2　關於戰爭的電影
3　以英語教育為目的的電影
4　關於日本音樂的電影

問題4

Answer　3

例

M：あのう、この席、よろしいですか。

F：1　ええ、まあまあです。
　　2　ええ、いいです。
　　3　ええ、どうぞ。

第四大題

範例

M：不好意思，請問我可以坐這個位子嗎？

F：1　可以，還好。

　　2　可以，很好。

　　3　可以，請坐。

Memo

絕對合格 全攻略！
新制日檢！
N2 必背必出聽力 (20K+MP3)

絕對合格 09

● 發行人	林德勝	
● 著者	吉松由美・田中陽子・西村惠子・山田社日檢題庫小組	
● 出版發行	**山田社文化事業有限公司**	
	地址　臺北市大安區安和路一段112巷17號7樓	
	電話　02-2755-7622　02-2755-7628	
	傳真　02-2700-1887	
● 郵政劃撥	**19867160號　大原文化事業有限公司**	
● 總經銷	**聯合發行股份有限公司**	
	地址　新北市新店區寶橋路235巷6弄6號2樓	
	電話　02-2917-8022	
	傳真　02-2915-6275	
● 印刷	**上鎰數位科技印刷有限公司**	
● 法律顧問	**林長振法律事務所　林長振律師**	
● 定價+MP3	**新台幣380元**	
● 初版	**2019年 8 月**	

© ISBN : 978-986-246-551-6
2019, Shan Tian She Culture Co. , Ltd.